La habitación de Nona

Cristina Fernández Cubas

诺娜的房间

[西班牙]克里斯蒂娜·费尔南德兹·库巴斯 著

欧阳石晓 译

上海译文出版社

目　录

献给安娜和托德

对时间挤个眼色

现实不过是一场幻觉，尽管它十分持久。

——阿尔伯特·爱因斯坦

诺娜的房间

　　我妹妹很特别。在她出生的那天，母亲在诊所阳光明媚的白色房间里如是说道。她还说："'特别'是一个很美的词，千万不要忘了。"很显然，我并没有忘了它。然而，我刚刚描述的这个场景很可能并非发生在诊所里，而是发生在很久之后的另一个房间；诺娜也并非刚来到这个世界，也不是个婴儿，而是一个三四岁的女孩儿。谁知道呢！人们说这可能是一个虚假的回忆，我们不靠谱的记忆里充满了虚假的回忆。人们还说，有一些特质——他们用了"特质"这个词——是儿时难以发觉的，而且诺娜出生时我还很小，小到不足以记事。所有这一切都让我愈发意识到，这可能真的是一个虚构的回忆。抑或是一种更微妙的东西，一种"捏造的回忆"，"我知道是谁"会这么说。因为在诺娜来到这个世界以前，我的生活很不一样。具体是什么样的我不太记得了，但我知道很不一样。我有太多理由相信之前的生活比后来的更好。好得多。然而，诺娜出生了，所有事物都永远被改变了，而正是因为这样，我才会一直认为，母亲是在诺娜来到这个世界的那天说的这番话。在

1

那一天，我也开始了一段新生活。我与诺娜的生活。

事实上我更想要有一个弟弟，但我也很快就接受了诺娜。她小时候长得像个玩偶。皮肤光滑，丹凤眼，厚嘴唇。在她睡着的时候，眼睛消失成一条线，嘴巴张开，一直张着，仿佛无法闭上或是想要说什么——尽管那时候她还不会说话，并且比大多数小孩更晚开口说话。我很喜欢她的嘴巴，肉肉的大嘴。祖母也很喜欢她的嘴。"她长着碧姬·芭铎的嘴唇。"某一天她靠在摇篮边说道。她接着向我解释："碧姬是我那个年代的明星。一名法国女演员。"祖母是一个很快乐的人，喜欢乐观地看待事物。因此，当后来诺娜终于开口说话，却在发卷舌音 r 时带有鼻音，祖母只微笑着摇头。"和碧姬一模一样。"她说。也许正是她说这番话时的确凿，以及她永远挂在嘴边的微笑，才让我坚定不移地相信她，并导致我做了人生中第一件傻事。当天下午，我在学校里骄傲地宣告我有一个很特别的法国妹妹。我重复说了好多次。在教室里，在操场，在校车上……而且我肯定吹牛吹过头了。因为几天后小伙伴们来家里玩儿，询问我妹妹，我把她叫来，随即从她们的表情中明白了好几件事。首先，诺娜不是法国人。其次，也是最重要的，"特别"这个词并不一定是褒义。

我只比诺娜大三岁。在她满四岁以前，我们俩都一起玩儿，睡在同一间卧室。然而，发生了一些事让一切突然改变，导致我变成了妹妹。诺娜开始打鼾。她吃得很多；暴饮暴食。大人规定她节食，她却在夜晚对冰箱发起进攻，并抢劫一空。同时，她也在她的新房间里储备食物，她把食物藏在隐秘的地方，无论我们怎么找都永远找不到。她的嘴巴从不闲着，毫无节制地进食，不仅横向生长（正如父母所担忧的那样），同时也在身高上超过了我。这让我很不高兴；换了是谁都会不高兴，尤其考虑到它带来的直接后果——突然变成了妹妹，变成了她的继承者。从那时候起，对她来说太短或太小的衣服就变成了我的。真是羞辱。

　　"我知道是谁"跟我说，这一点是我父母的过失（也许之后我会决定跟你聊聊"我知道是谁"）。尽管人们在那个年代节俭持家，而且妹妹捡姐姐的旧衣服穿也是家庭中常见的事，然而父母也应该考虑到我的年龄。他又一次言之有理。毕竟我也还只是个小女孩。一个在一切改变前一直保护着妹妹的小女孩。不仅仅是因为现在我们俩各自睡在各自的房间，也不是因为诺娜比我多出来的体重和她那庞大的身躯。有时候我觉得（但之后我就把这个想法从脑子里踢了出去）诺娜是故意增胖的，是为了与我拉开距离、超过我或嘲笑我。因为所有的改变都碰巧同时发生。新房间，不间歇地进食，在夜晚打鼾，把自己封闭起来。一切都突然发生，不给我时间来适应。最糟糕的是，她渐渐把她的房间变成一个世界，而我对她而言再也没有任何意义。她把我变成了一个陌生人，变成了一个障碍。"不要不敲门就进我的房间。"她对我说。"想都别想！"她用她独特的、无法发 r 音的口音说道。"不要紧来"，"想都憋想"①……她是如此急迫地想要下达这道命令，以至于根本顾不上要掩饰自己的弱点。因为诺娜平时从不用"traje"一词，而使用"vestido"② 替代，也不用"edredón"，而用"colcha"③。在她的词汇中从不会出现"pradera"或"prado"，而只有"campo"、"hierba"、"césped"④……她使用的替换词的词库让人惊叹。如果前面的例子还不足够充分的话，这一点是我妹妹聪明的又一佐证，或者说"特别"，像我母亲说的那样。

妈妈总是站在诺娜那一边。尽管她是妈妈，但在进入诺娜的房间前也要先敲门。妈妈说服她不给房间上锁，并且，无论她在不在家，都要允许女佣克里斯皮每天进入她的房间一次，为她铺床和打扫房间。诺娜在无奈之下只能接受这个条件，然而，当她一旦可以自己完成这些任务时，女佣一周就只能进入她的房间一次大扫除了。如果那一天诺娜在家里，她就会坐在走廊的凳子上耐心等待。如果那一天她碰巧在学校，那么她在回到家后做的第一件事即是

---

① 因为诺娜无法发西语中的 r 音，原作对对应词语做了拼写上的修改，此处用中文近音字处理，目的是为了展示诺娜发音的不标准。
② traje 和 vestido 在西语中都有"衣服、服装"的意思，前者因为有 r 所以诺娜从不使用。
③ edredón 和 colcha 在西语中都有"被褥、床单"的含义。
④ 这五个词在西语中都有"草地"的意思。

把自己关进房间。我猜她在房间里检查，确认是否所有的东西都在原位。我是这么猜想的。发生在她房间里的一切都只是猜想。我常常用指头敲门，或一边用指头敲门一边推门，有时会吓着她，但我唯一能瞥见的是诺娜走样的脸庞，沉醉的或恍惚的脸庞，仿佛她并不在那里，在她的房间里，而是在几千公里以外，更远的地方，在另一个星球。因为，尽管她很快做出反应，眨起她的丹凤眼，但在那几秒钟的时间内，我发现她位于很远、很远的地方，在那个不愿与他人分享的秘密世界。然后她着陆了。她很熟练于着陆，熟练于中断她的思考，接受入侵者亵渎她的神庙，表现得仿若什么都没发生一样。她在掩饰。

"别去烦她，"爸爸某天对我说，"她在自己的房间里很开心，和她的东西在一起……别去打扰她。"

我只能住口。因为我知道他接下来会说什么。一份冗长的清单，上面罗列了诺娜的优点，以及我为了成为模范姐姐而需要一一遵循的行为典范：要有耐心、要学会尊重、要互相关爱……接着，是那句老生常谈的结束语，那个令人畏惧的尾声，是妈妈总是带着微笑轻描淡写说出的那句提醒。

"她的存在，毕竟是因你而起啊……"

如今我知道事情并非如此。不过是个巧合罢了。然而他们努力想要让我相信这一点，并且在某一段时间内他们做到了。我感到很自豪。我将他们告诉我的事（我几乎都忘了那件事）讲给我的小伙伴们听。我讲了一次又一次，讲给每个人听。我总是重述那件事。某一天，他们带我去教堂，我看见美丽的圣母怀中抱着一个婴儿，于是，我突然合上双手，开始祷告。我像大人那样祷告。双手合十，低声祷告。接着，当大人询问我向圣母祈求了什么时，我果断回答道："一个弟弟。"我记得很清楚。或者说，我记得很清楚妈妈温柔的目光，热情的拥抱，以及她的话语："即使圣母真的实现了你的愿望，我也毫不意外……"圣母实现了我的愿望。但她带给我的并不是一个弟弟，而是诺娜。而妈妈则一次又一次地提醒我，诺娜的存在是因为我的祈祷。"这是一个避免嫉妒的好办法，""我知道是谁"某天对我说，"这样你就能参与对她的教育。"一派胡言！我从来没嫉妒过妹妹。恰恰相反，小时候，当她像个玩偶的时候，我和祖母长时间地靠在摇篮边，看她睡觉。然而，他后半句话也许有一定的道理。因为我确实试图教育她，尽管她不接受我的教育。她是从她的身体突然拉长拉宽而我变成她的继承者那一刻开始不再接受我的教育的。有时候，我会觉得自己对她怀有的一点恨意都是源自那时候发生的事，源自我的小伙伴们看见我穿着诺娜的旧衣服而诺娜总是穿新衣服时对我的嘲笑。这种想法只是偶尔发生。因为我很快将它从脑子里踢出去。如果它还残留在脑中，我就对他倾诉，对"我知道是谁"倾诉。他总是微笑着听我倾诉。

和全世界每个人一样，"我知道是谁"是有名字的，但我喜欢这样称呼他："我知道是谁"。毕竟我也只不过是按照家里的传统行事。家里人都喜欢按照我们自己的方式为事物命名。不知道是从谁开始的。但在家里，有许多词我们是从不使用的，而另一些更糟的词则是被禁止使用的。有一次，来家里做客的一个女人摸了摸诺娜的头发，待诺娜离开客厅后没忍住说了一个不该说的词。她再也没在我家出现过。妈妈给了她一个难看的脸色，请女佣送她到门口。我们不想听到异国的姓氏，也不想听到疾病或灾难，甚至无法接受难过的面孔或喃喃低语。这里的一切都很特别，无论你喜不喜欢。就如同诺娜一般。正因为她是个特别的女孩，我们送她去一间特别的学校。特别的人拥有特质。这一点我之前已经说过了。特质。这个词我很小就知道了，在我学会使用词典后，对它的意思理解得更加透彻。因为特质（这个词与"特征"、"特点"、"奇特"的意思差不多）是用来描述特别的人最好的词。这一点确凿无疑。一个人特别，是因为他拥有特质。或者说，一个人拥有特质是由于他很特别。这就像咬自己尾巴的蛇，也像餐盘里咬着自己尾巴的小鳕鱼①。前些日子，女佣打算午餐做咬尾巴的小鳕鱼，我待在厨房里看她做菜。我发现它可以作为一种解读世界的方式，至少某种程度上。诺娜是小鳕

---

① 一种常见的摆盘方式，将做好的小鳕鱼卷起，看起来就像鱼在咬自己的尾巴。

鱼，而将尾巴咬在嘴里形成的圆圈则是她的房间。缺了后者是无法了解前者的。反之亦然。我专注地观察克里斯皮如何仔细地将鱼的尾巴放进牙齿之间，又如何熟练地用手压鱼头让尾巴不会掉出来。接着，她把鱼裹上面粉，两条两条地（为了避免鱼搅在一起）放进锅里油炸，再用吸油纸沥干，最后把炸好的鱼全都摆放在一个陶瓷大盘子里，用切好的柠檬片和一些香芹做装饰。要不是因为炸好的小鳕鱼——无论它们有没有咬住自己的尾巴——必须得趁热吃，我还想留在厨房里继续我的思考。在小鳕鱼冷却之前把它们吃掉，那即是我们的习惯。我坐在餐桌前，继续想着诺娜。想着我妹妹像一条保护其珍宝的龙。她围绕在神庙周围，保护它不受外人目光的侵犯。我还想到，假如我松开一点儿咬住鱼尾的牙齿，那么那里就会立即出现一个自由的空间，一道门或一道缝隙，从那里可以进入被禁闭的房间，揭露它的秘密。我父母胃口很好，盘子里很快就只剩下做装饰的柠檬片和香芹了。我没跟他们提起脑子里的想法，害怕他们会觉得好笑，或者更糟糕的情况是，也许他们会觉得一点儿也不好笑。但是我会跟"我知道是谁"说的。我会跟他说我父母在不自知的情况下把他们的女儿吞了下去（这不过是个玩笑罢了），还会跟他说在我看来，小鳕鱼和我妹妹诺娜有相似之处（这是重点）。我几乎可以跟"我知道是谁"说任何事，这一点让我很高兴。而正因如此，我更应该保护他，也保护我自己。我不希望任何人打探关于我的事,发现他的真实姓名,从而推断出什么而来烦扰我们。因此,他是我的秘密。和他的照片一样。某天在学校的时候,我们俩在有时候被用作诊察室的小教室里聊天,我突然滋生出给他拍张照片的念头。当然,我事先征得了他的同意。但我没跟他说实话;我不好意思。我没跟他说他那天穿着天蓝色马球衫显得很英俊,我想把他那副模样永远保存在手机里。相反,我跟他说我正在做一个期末作业,需要侧影和逆光的人像照片。他微笑着站起身来,靠在窗边,我按下了拍照键。拍出来的照片当然不是侧影。照片里是他,是我想要的样子。诺娜不是拥有不可告人的秘密吗?我也有!

关于特别学校,我们所知甚少。至少我不了解。诺娜很少提到学校的事,但我感觉出她并不太喜欢那里。每天,当她放学回家来到房间门口的时候,她都会两眼放光,深吸一口气,然后走进房间,直到吃晚饭的时候才会出来。那个房间里有什么东西能让她如此喜欢待在那里?有时候,我会坐在我的床上,将耳朵贴在墙上,静静地等待一阵子。诺娜不仅打鼾,还会说梦话,自言自语,最近还常常停不下来地大笑,仿佛有什么特别好玩儿的事让她非常开心。我早就知道她有一个朋友。那个朋友也许是男的,也许是女的,这一点我不太确定。是妈妈在我们某天听见她自言自语时告诉我的。那是一个看不见的朋友,有些小孩在感到孤独的时候会创造出一个虚构的朋友。比如说，独生子女，或者哥哥姐姐年龄太大而不想与他们玩儿的小孩常这样干。妈妈说，这并不是坏事。恰恰相反，它可以激发创造力，甚至某些著名的艺术家在小时候也都有过虚构的朋友。

"这并不是坏事，不是。"妈妈总是重复道，为了说服她自己。

因为有时候我发现她也不太确定，也和我一样疑惑：诺娜究竟为什么需要创造出一个朋友？她不是独生女，她有我，她不和我玩儿是因为她不想。并且，她在飞快地成长。我已经不捡她的旧衣服了。妈妈在几年前意识到了自己犯的错误，因此，尽管诺娜比我发育得更成熟，也依旧比我高，但如今我们各穿各的衣服。我们甚至看起来一点儿也不像姐妹。前几天，一个同学恰巧对我说了这番话："你和诺娜一点儿也不像。"而我，不知道为什么，在听了这番话后非常开心。但很快我就不高兴了。无论如何，她毕竟是我妹妹。然而，事实上诺娜确实特别，非常特别。她表现出对我的憎恶；仿佛不想与我有半点关系。真是烦人。有时候，我一边听见她在墙壁的另一侧大笑，一边想，实质上她的生活的确令人羡慕。我不像她那般大笑，也不像她那样在自己的房间里玩儿得如此开心。更甚至，某天晚上，我用比平时更长的时间把耳朵贴在墙上偷听，有了新发现。诺娜在说话，但她并不是一个人。我比以往任何时候都要专注地聆听，尽管我无法听清他们谈话的内容，但我确实听见了几个不同的声音以及不同的笑声，很多笑声。某一刻我怀疑诺娜可能是个优秀的演员，能模仿他人的声音。后来我就睡着了。第二天早上一醒来，我就记起了昨晚的发现，并且为这个发现找到了一个满意的解释。诺娜并非拥有一个虚构的朋友，而是一群！是的，诺娜有一群伙伴陪她一起玩儿，于是她根本就不需要我。不需要我，也不需要任何人。我想着要告诉妈妈，但没来得及。那天是星期天，如同许多个星期天一样，那天我们去住在乡下的叔叔家做客。我们在游泳池边晒太阳，游泳。正是在那里，在游泳池里，发生了一件让我震惊的事。我们所有人都在拿毛巾擦干身体，只有诺娜还在水里。诺娜在笑。她向她虚构的伙伴们拍打水花，她沉入水中，尖叫着让他们不要再闹了，她笑啊，笑啊，笑啊。然而，在那一个星期天，我注意到一件奇怪的事。与其说奇怪，不如说不可能发生的事。游泳池四面八方的水都在飞溅晃动，仿佛挤满了人似的。如果这还不够——那是完全让我惊呆的一点——诺娜一直不停地尖叫和大笑，突然从水里冒了出来。"野满人！"她笑着尖叫，"你们真野满 ① ！"她在水面上只维持了不到几秒钟，马上失去了平衡，重重跌入水中。但我立即意识到她不可能独自完成这个壮举。我好似看见了无数的胳膊和手将我妹妹的双脚高高举起。玩笑结束后，

---

① 此处原文为"bruto"，意为"野蛮"，因含有 r 所以诺娜发音有误。

那些胳膊、手和脚再次将水花溅向四面八方。"他们真的存在！"我惊愕地对自己说，"她的那些朋友真的存在！"我想要尖叫，但没来得及。我的目光和诺娜的丹凤眼对视；我看见她机械地挥动一只手，表情很严肃，这种表情我见过，那是在她房间里，当我打断她的神游，把她从遥远的地方拽回地面，而她不得不装作什么都没发生时脸上的表情。我不太明白她机械般的动作是什么意思，但我能够大胆猜测这是对谁做出的。水面一点儿一点儿平静下来，只留下一道余波。仿佛什么都没发生过似的，诺娜继续溅了好一阵子水花。

当天下午回到家后，我逮住一个好时机，走到父母身边。爸爸将读了一半的报纸折起来，离开了客厅。妈妈在一开始的时候兴致盎然地听我讲述。

"你是说一群伙伴？那也不一定是坏事啊。"

这句话给了我说下去的动力。要想解释清楚我发现的事很困难。我找不到恰当的词语，而当我以为找到了的时候，我却觉得那些词虚假，毫无意义。但我鼓起勇气。隐瞒这件事的后果太过严重了。

"是的，一群伙伴……真实的伙伴。人很多。我们看不见他们……但他们确实在那儿。"

"当然啦，"她微笑着对我说，"这不正是虚构的朋友的作用所在吗？当孩子长大，长成大人后，虚构的朋友就会被现实中的朋友取代。通常都是这样的。"

我意识到这比我担心的情况还要复杂。于是，我从头开始说起。前一天晚上她房间里传出的声音，她和她的朋友那天早上在游泳池的疯狂。在说到诺娜被高高举起在水面上的那一刻时，之前的情况又出现了。那些词语让我感到虚假，我不知道该说什么，于是我停了下来。

"然后呢……"她轻描淡写地问道。但我察觉到她开始不耐烦了。

"他们把她推向空中，"我突然说，被自己坚定的态度惊住了，"我没看见他们的手，因为他们是隐形的。但我却看见了诺娜的脚踝。脚踝在水面上。像是显灵，一个圣母或圣人……尽管她不是。是他们，她的朋友……你现在听明白了吗？"

母亲摇了摇头，并同时耸了耸肩。她的回答同时是"是"和"不是"。我没别的办法，只能继续讲下去。告诉她我在叔叔的游泳池边裹着毛巾突然意识到的事。我的解释对于很多人而言将是一派胡言乱语。但对于我而言并非如此。那天早上我全身发抖是有缘由的。那并不是因为冷。

"可能是来自另一个星球的人。我们看不见的人，只有诺娜或者像诺娜那样特别的小孩才能看见……也可能是死人。过世了很长时间的孩子回到世界上来和诺娜一起玩儿……"

然后我就停了下来。我不得不停了下来。妈妈暴怒地看着我。我从来没见过她这样。

"够了!"她非常愤怒地说,"我听不下去了!我受够了你的想象力!"

然后她把我一个人留在了客厅。在那个我前来寻求帮助的地方,讲述我的发现的地方。不久后,我听见她与爸爸争吵。他们有时候争吵,不太多。因为妈妈一整天都在看书。书,更多的书,还有散文,尤其是关于心理学方面的文章。而爸爸只对报纸和体育感兴趣。但他们相处得不错,十分不错。这是"我知道是谁"在学期开始的时候向我提出的第一个问题。你父母相处得好吗?是的,非常好。虽然他们有时候意见不同,我补充道。那一天正是那些日子中的一天。他们意见不同。他们争吵。但我甚至都不想聆听他们争吵的内容。我感到烦恼,受伤。没有比说了实话但却不被人相信更糟糕的事情了。或者被人当做笑话,或者别人根本不想听你说话,就像刚刚发生在我身上的事一样。于是,我跑向祖母的房间。我亲爱的祖母,她像往常那样快乐,善解人意,坐在她的摇椅里,用微笑迎接我。

"祖母!"我叫道。

我把自己扔进她的怀抱。我对她讲述透过墙壁听见的声音,游泳池溅起的水花,目光的对视,尤其是后者。目光的对视。我因受惊吓而瞪圆的双眼,和诺娜的丹凤眼——她立即明白我觉察出了什么,我发现了什么。因此她条件反射地挥手,仿佛在赶苍蝇,赶走令人难堪的东西,

14

或是在说："好了！够了！该停下来了！"那个带有命令含义的姿势、果断警告的姿势、一个习惯于发号施令的人的姿势。而那个姿势获得了预期的效果。那些在场的人——来自另一个星球的人或死去的小孩——不再嬉戏和玩水，游泳池的水面很快平静下来，只在诺娜身边留下一道水波。

"她是那个我们看不见的王国的女王！"我尖叫着说。

祖母一边继续保持着微笑，一边抚摸我的头发。我把头埋进她的膝盖间，我们一起在寂静中摇晃。祖母不会说话，从很早前开始她就不能说话了，也不能走动，但这一切并没夺去她的笑容。她是我最爱的人，在她的怀抱里我感到很安全。也许正是出于这个原因，那天我狠狠抱紧她，连摇椅也开始吱嘎作响，或者说哼叫，或者说呻吟。仿佛在那一刻，祖母、摇椅和我合为一体，汇成一道呻吟。摇椅在木地板上晃动，那声音似乎在反反复复念着一个名字：诺诺诺娜娜娜，诺诺诺娜娜娜，诺诺诺娜娜娜……从未改变。诺娜。

第二天早上我想起了小鳕鱼。咬住自己尾巴的小鳕鱼，克里斯皮几天前午餐精心烹饪的小鳕鱼。我想起了那个时候出现在我脑子里的念头，寻找一条缝隙或一个裂口进入被禁闭的房间的念头。然而，此刻的我意识到，要想找到切入点破坏那个圆圈并不需要松开牙齿，一点儿也不需要。既然小鳕鱼是诺娜，而诺娜是保护其珍宝的龙，那么只需要避开她警惕的目光，就能无忧无虑地进入她的神庙。我也意识到，之所以在那之前没有发现这一点，是因为我很难想象那个房间缺少了它永恒的守护者的情形。对我而言，那个房间承载了诺娜整个的人生。她去上学的时候，我也去上学；我们几乎同时离开家，也几乎同时放学回到家。因此，只要我在家里，诺娜就在她的房间里生活。每一天都如此。尽管有时候我们会在家门口碰见，或前后脚进入门厅。几秒之后诺娜即会躲进她的幽禁之地。然而，让事情发生改变的时机来了。就在那一天。我只需要等待龙离开家去学校，父亲去办公室，妈妈去图书馆，克里斯皮带祖母出门散步——就像每一个早晨一样。然后，我在走去学校的半路上，掉头朝家里走去。

刚开始的时候，不敲门就进入她的房间让我感到有些奇怪。家里所有人都习惯了敲门，尽管我们不等屋里的人答应就推门进入。正因如此，我们常常惊吓到诺娜。处在遥远的地方的她，沉浸在她的秘密世界。但今天不一样。没有人守护她的神庙，因此我没敲门就进去了。尽管诺娜没在屋里，我还是闻到她的气味，混合了药味和古龙水的奇怪味道。诺娜的气味。我打开衣柜、检查抽屉。我对她房间的整洁一点儿也不惊讶。因为那是父母同意克里斯皮一周只进入她房间一次的首要条件。随后，我坐在床上。诺娜的床铺得非常好。床单十分平整，枕头松软，床罩的四个角铺得很均匀。我走到窗边，把窗户敞开。在晨光的照耀下，房间显得更加整齐干净，但也显得更没有个性，

16

甚至有些乏味。我问自己究竟希望在那里找到什么，但我竟不知道答案。

如果不是因为残留在床单、家具和窗帘上的诺娜的独特气味，那个房间可以是属于任何一个陌生人的。没有一件衣服摆在外面，也没有任何私人的细节。没有任何东西可以解释她为什么如此喜欢把自己关在这四面墙里。然而，我的失望并没有持续太久。我渐渐开始明白。我想起了，我妹妹——以她自有的方式——是一个很聪明的人，非常聪明。于是我意识到自己看见的不过是她想让我看见的东西：一间与其他房间没有区别的房间，一间毫无个性的卧室，一间只有在其主人放学回来才会风生水起的房间。因为诺娜无论去哪儿，都会将房间带着。她也会带上她的伙伴们。我敢肯定，头一天在游泳池戏水的小伙伴们，此刻正在教室外面过道的长凳上静静等候她（其他人都看不见他们），焦急盼望着回到家后无需掩饰地尽情玩耍的那一刻。是的，诺娜，那一帮家伙里的女王，非常聪明。她的房间展示的只不过是她想让我看见的东西：什么也没有。

我把窗户关上，让一切恢复原状，正要离开房间的时候，瞧见电脑的光标在闪动。我走近书桌，不敢相信自己的运气。这是个奇迹。诺娜的电脑正用到一半，而更妙的是，她忘了关机。我随便按了一个键，屏幕亮了起来。这个时候，我确实开始紧张了。但我不记得是因为从一开始我感到自己将做一件不该做的事而紧张，还是在过了一会

17

儿，当我发现自己点开了"我的图片"文件夹的时候。我只需按一下鼠标，所有照片和图片即将呈现在我眼前。我果真那么做了。我选择"以幻灯片形式观看"，在紧张和快乐之间，开始欣赏一系列电影明星、模特、运动员……的照片。全是男人，其中许多人裸露着胸部，或穿着泳装，或穿着紧身衣。每一个人都很英俊，有一些还很健壮，肌肉很发达，骄傲地展示着引人注目的躯体或强壮的肱二头肌。金发的、黑发的、白人、黑人、混血……诺娜的相册里有各种各样的人。照片的检阅仪式仿佛永远不会结束似的。"天呐！我妹妹竟会有这种爱好！"我自言自语道。但同时我也感到脸红。因为愤怒，因为惊讶，也因为羞愧。当我看到最后一张照片时，我满脸通红，惊愕地呆住了。因为在那个仿若永不结束的照片检阅中出现了我从未想过会在那里看见的人像，一个微笑着靠在窗户边的人像。和我在学校拍摄的那张照片里的姿势一模一样。唯一不同的是在这张照片里他不再穿着那件与他眼睛同色的蓝色马球衫，也没穿衬衫，或是睡衣，或运动服……"我知道是谁"在那里，在诺娜的电脑屏幕上，完完全全的裸体，微笑着。

在情不自禁的惊讶之后，我很快意识到，诺娜不仅仅聪明，还很恶毒，非常恶毒。

我之前说过，他是有真实姓名的。那个名字已经不再是秘密。诺娜在照片下方用红色的字体写上了他的名字，还写着他的职业：心理咨询师。"我知道是谁"是学校的心理咨询师。他刚大学毕业，对于如何治疗病人有许多新想法。学校里的一些学生——包括我在内——自愿做他的治疗对象，让他得以发展和实验那些想法。这样我们可以一起学习。他学习我们，我们学习他。我很喜欢向他倾诉，也喜欢听他讲话。而他也喜欢听我叙述，并加以评论。有些时候，我会把事情夸大一点，把什么都告诉他。我夸大了诺娜是如何难搞、做一个特别的女孩的姐姐是如何如何麻烦。但我这样做，是为了让他满意。我们一周见一次面，地点是在那间有时被用作办公室，或者说诊察室的小教室里。每当我推开教室的门，他都会带着大大的微笑迎接我。"你和你妹妹怎么样了？"他会立即问道。我几乎能肯定他正在写一本书，一本关于我的书，或者是一本关于那些拥有像诺娜那样的女孩或青少年的家庭的书。他知道我们为此所付出的一切容忍和牺牲。然而，我觉得他无论如何也想象不到诺娜会做出这样龌龊的恶作剧。

因为这就是它的本质：一个恶作剧。我不知道她是什么时候搞到他的照片的。照片一直被我带在身边，在我的手机里。毫无疑问，她趁我不注意的时候，把照片偷走了，拷贝进她的相册，并且带着全世界最恶毒的念头，对照片进行了加工。如果将照片放大，仔细观察，可以看见修改的痕迹。"我知道是谁"的脸，诊察室教室的窗户，以及不属于他的、叠加在他身上的肌肉发达的裸露的身躯。在脖

19

子处颜色发生了明显的改变，那正是抹去了蓝色马球衫、替换上一副陌生人躯体的位置。但还有更糟糕的事，并且叫人难以解释。她是如何得知他的真实姓名和职业的？在这里，她的智商（查得信息）和恶毒（将名字写在照片下方）再次交汇在一起。她仿佛在对我说："别想对我保守秘密。在这个家里，我是唯一一个可以拥有秘密的人。"而这一次，她甚至都没有发错 r 音，也没有费神寻找替代的词 ①。她的一切都很完美。越来越完美。就如同将电脑里"我的相册"文件夹开着，知道我某天会忍不住好奇心，窥探她的东西。某天……抑或就是那天早晨。诺娜是如何知道这一切的？就在那一刻，面对着电脑屏幕，坐在椅子上，闻着药味和古龙水混合的气味，我突然暴怒起来。我恨她。我恨我的妹妹。我发现自己一直都恨她。她的存在让我羞愧，也让我嫉妒。我多么想认识她的小伙伴们，分享他们的秘密。我再也受不了父母相信她而怀疑我说的一切。于是，我站起身来，用椅子腿砸电脑，直到将屏幕砸碎。我把抽屉打翻，将衣服扔在地上，弄乱床铺，践踏床单。我再次打开窗户，打碎了玻璃。我完全沉浸在愤怒之中，全然没有听见大门发出的声音，也没听见祖母轮椅的吱嘎作响。

---

① 这里指"别想对我保守秘密。在这个家里，我是唯一一个可以拥有秘密的人。"这句话在西语原文中有许多含有 r 的词，而诺娜并未将其替换为不含 r 的词。

"孩子，发生了什么？"我突然听见有人问道。

我惊吓着转过身，看见克里斯皮带着害怕的表情，却没敢走进房间。想要编一个借口已经来不及了，我没办法把责任推到另一个星球的人或死去的小孩身上。

"没什么，"我哭着回答，"她活该……"

这一切发生在不久之前。但我却觉得已经过了一个世纪。克里斯皮打了电话给我父母，他们很快就回来了。他们一起回到家，一边争吵着。爸爸心情很不好。我听见他说"我早就知道这种事会发生"，又听见他说假如在一开始的时候采取了措施，那么也就不需要"把我从办公室叫回来了"。妈妈叫他耐心点儿，一次又一次地重复这句话。但当他们俩走进房间，看见我坐在满是玻璃碎片的地上时，妈妈却是失去冷静的那个人。她冲我伸出一只手，把我从地上拉了起来。"我们必须得认真地谈一谈了！"她尖叫着说道。她说话的语气很奇怪，既显得很气愤，又好像要哭起来。她把我拉到了客厅。我们三个坐在客厅。爸爸和妈妈坐在沙发上，我面对着他们，坐在扶手椅上。爸爸的心情依旧糟糕。妈妈深深吸气，仿佛在为说话储备力量似的。

"你为什么这样做？"她终于开口。

我耸了耸肩。这一次，我无法告诉他们真相，无法告诉他们诺娜并非是他们以为的天使，无法向他们讲述她收

21

藏的男人的照片，更无法告诉他们她是如何愚弄我唯一的秘密，如何羞辱了我，也羞辱了他。不行。有些东西是不能告诉父母的，实在是太让人难为情了。况且，我也不确定他们是否会相信我说的。像上一次那样，像通常那样。于是我没回答。再一次耸了耸肩。

"如果你想要说什么，现在就说，"母亲继续说道，"不然……"

她没说完后半句话。缄默的威胁飘浮在空气中。而我，在不知道她所谓的威胁是什么的情况下，全身开始颤抖。因为他们俩很快又开始争吵，比以往任何一次都要激烈，仿佛我根本不存在似的。他们从没在我面前这般争吵过。于是我不得不打断他们。

"诺娜，她不仅聪明，而且很恶毒，"我说道，"非常恶毒。"

尽管我羞愧至极，但我根本没给他们做出反应的时间，将她对"我知道是谁"那张如此漂亮的照片做了什么全盘托出。偷我的照片，修改我的照片，在照片里添加裸体并且把它加入到她的男人照片集里。而且，我不再称他为"我知道是谁"，而是用了他的真实姓名，为了避免他们搞错，为了让他们知道我说的是实话。我也对他们承诺，下次在诊察室见到他的时候，绝不会对他提起这件事。但他们需要知道这件事。

"你是指？"

父亲说出"我知道是谁"的名字，我盯着地毯，表示默认。接着，他对母亲说：

"他不是她的心理咨询师吗？"

妈妈站起身来，双手捧住我的头。

"女儿，你说的这些一点儿也讲不通，"她用温柔的声音说道，"那医生是一位受人尊敬的长者，一个德高望重的人。"

我摇头否认，但她更用力地捧住我的头。

"他是你创造出来的朋友。"

"又一个！"父亲叫了起来。

"一个虚构的朋友，年轻又英俊，你套用了真实医生的名字和职业。"

我不想再争辩下去。他们在说什么？难道我也和诺娜一样，拥有虚构的朋友吗？一团混乱。我从口袋里拿出手机，寻找那张照片。诺娜不仅偷了我的照片，还把它删掉了。

"事情已经发展到无可挽救的地步了，"父亲说道，但他并非对我说，而是在对妈妈说，"而你，还说什么虚构的朋友不是问题，经常和虚构的朋友玩儿有助于小孩更好地认识自己，可以培养艺术创造力和敏感性……你都看到了吧！"

我不知道她是否能看见什么，因为她用空洞的双眼看着我，仿佛她的双眼失明了，抑或迷失在她的思考之中。

然而，就在那一刻，我的确开始看见，开始看见回忆，开始将言语组合起来，开始想起过去的时刻。开始再次记起和妹妹无休止的摩擦，听见妈妈一次又一次地重复："她的存在，毕竟是因你而起啊……"她总是重复这句话。开始记起我对朋友们讲述那个我只记得一半的故事，关于一个女孩在某个星期天的早上，在教堂像大人那样祈祷，祈求圣母给她一个弟弟的故事。她想要一个可以一起玩儿，可以弥补她独生女的孤独的弟弟。然而，这一切都是真的吗？真的发生过吗？而为什么在回忆里，母亲看着我的表情里带着一丝嘲讽的意味，仿佛她并不相信这一切，仿佛这只不过是我俩之间的一个笑话，一个恶作剧？此刻，我第一次质问自己她话语的真正含义。那句她一天前说的话，那是一句控告、一句抱怨。"我受够了你的想象力！"我不寒而栗。一股电流从脚底直击大脑。一次，两次，三次……不知道多少次。直到我从类似梦境的状态中醒来，我想我明白了。我紧紧握住妈妈的手，她依旧用空洞的眼神看着我。

"现在我全明白了，"我说，"你说的话，我的恐惧……我猜你说的也许有道理，'我知道是谁'也许真的只是我虚构的朋友。但他不是唯一的……"

我感觉到她双手冰冷，我更用力地握住她的手。最关键的时刻到了。我感到害怕，但我不得不说出来。

"诺娜根本不存在！"我终于叫道，"是不是，妈妈，诺娜是不是根本不存在?"

她的双眼恢复了失去的光芒。它们像火焰一样燃了起来,责备着我,将我燃烧。

"别再任性地捏造事实了,"她带着疲惫的声音对我说,"她当然存在!"

父亲垂着头,离开了客厅。我突然感到害怕,非常害怕,仿佛我正置身于一个可怕的噩梦之中,仿佛那个场景我在那天之前已经经历过了。但我不记得结尾,也许没有结尾。此刻,妈妈紧握着我的手,握得我双手发疼,让我无法逃走,让我全神贯注地听她说话。

"接受事实吧!"她严肃地对我说。

紧接着,她一边继续紧握着我的手,避免我逃跑,一边慢慢地,非常缓慢地补充道:

"她才是唯一存在的。"

这就是结尾。我不记得了的结尾,在梦中追逐我的结尾。这是一场永无止境的噩梦,然而,在醒来后,事物又恢复了原貌,和从前一样。我就是那样对自己说的。"要有耐心。一切也许会在你最意想不到的时候结束。"我在不久前这样对自己说;在不久之前,但此刻我却觉得仿佛已经过了一个世纪。我又说了一遍,但依然没能说服自己。因为我知道今天不一样,这并不是一场梦。妈妈依旧握着我的手,一个指甲掐进了我的肉里。我不知道她是故意的还是无意的。但我没有醒来。我不能醒来；今天不是一场梦。于是，我一阵拳打脚踢地挣脱开她，逃到走廊的尽头。在那里，我看见祖母，她坐在轮椅上，嘴角挂着永不磨灭的微笑。我猜她听见了客厅里的谈话，她在座椅里一动不动。正因如此，也因为她总是乐观地看待事情，我在她身边弯下腰，恳求她：

"祖母！你来告诉我！如果她是唯一存在的……那么我是谁？我叫什么？"

祖母动了动嘴唇。她想说话，但说不了。她做了一个姿势，示意我跟她来。她用瘦骨嶙峋的双手转动轮椅。很快，她停了下来，指着一道门。她看我没动，转过身看我。那是一生中我第一次看见她如此严肃，不再微笑。同时还发生了出乎我意料的事：两道泪水安静地从她的脸颊流下。我发现其中一道，右边那道，比左边那道流得快很多。但接着它停了下来，换成左边那道流得更快。在我眼前出现了一场比赛，一场赛跑。我不知道哪边会赢。右边那道浸入皮肤里，消失了，但出人意料的是，从上面又流下一道急流。左边那道孤独地流下，在就要抵达终点、到达下颌的时候加快了速度。祖母拿出一块手帕擦眼睛，然后擦了擦整个脸庞。我不知道最后哪边赢了。但她的手指第二次指了指那道门。我打开门，闻到药水和古龙水混合的气味，注意到地板被打扫干净了，抽屉也关上了，如果不是有风从玻璃破碎的窗户吹进来，没人会相信在那里曾发生了什么。我关上门，转身向她。这就是她想向我展示的东西吗？

我不喜欢祖母的表情。她依旧严肃，依旧用颤抖的手指指着那道门。我感到害怕。越来越害怕。我害怕她用发光的双眼想静静地告诉我的事。我害怕存在于我所做的任何事情背后的那个东西，我已分不清自己是在做梦还是处于清醒的状态。我害怕从小到大一直烦扰我、我竭尽全力试图逃离的那些画面。然而，在那个早晨，祖母并不打算保护我。妈妈也不再像通常那样说道："好了，这不过是一场游戏罢了，这样她就会学会认识自己……"也许过几天事情又恢复原貌，和从前一样。但今天不一样。今天我不得不接受它。我不得不回答这个问题："我是谁？"——祖母如果会说话，在几分钟前会回答这个问题。妈妈以她的方式回答了这个问题，爸爸也做出了回答——他沮丧地离开了客厅，留下我们俩。"你谁也不是。你只不过是诺娜的投影罢了。一个创造。她虚构的姐姐……"这些话像长矛一样刺穿我，而我却毫无抵御之力。但我控制住了自己。我吸气，推开门，步伐坚定地走进避难所。这是默认事实的一种方式。"我知道我就是诺娜！"这也是让我可以在一段时间内不受打扰地整理思绪的方式。然而，我已经不再感到惊恐，也不悲哀了。在走进房间后，我立即发现这个场景也不是第一次发生了。之前我就经历过，而且不止一次，而是好几次。我只需要等待，牢记在暴风雨后将迎来平静……我只需要集中注意力。没有比这个房间更理想的地方了。我的房间。所有人在进入前都需要敲门，并且房间里没有镜子。没有任何一个表面敢反射厚嘴唇和丹凤眼。我想是谁，就可以是谁。我闭上双眼，深呼吸……然后等待。等待我从一个自己都无法辨识的身体中逃离。等待从外部静观事态。也等待家人渐渐冷静下来，水归原位。

然后，像往常那样，我又可以跟"我知道是谁"讲述许许多多的事情了。

和老太太聊天

　　朋友跟她约了七点在"巴黎"见面，但她提前半小时到了。靠窗边的大理石桌子空着。好兆头，她对自己说。她要了一杯少奶的咖啡，但立即就反悔了。"换成威士忌吧。"安德雷斯是她唯一的希望。最后的希望！她喝了一口酒，为自己打气。她没有退路，也没必要跟他绕弯子，得开门见山。两边脸颊各亲一下，接着就直击主题。"我需要钱，"在他做出反应前，得故作冷静、从容不迫地向他解释她的处境，"明天房东就要把我赶出去。我的处境非常窘迫。你得帮帮我。"她将情况告诉他，然后等待。不需要等太久，足以让他意识到事态严重就行。当他半惊讶半烦躁地说"哎呀"或"这真是一个麻烦"，或者"你就这样，在两年没见面后，突然出现在我面前跟我说这件事？！"的时候，她会马上递给他纸和笔。"只是借款。我跟你签一个借条。你来决定借款的条件和还款期限。"安德雷斯从来都很友善。而且她记得，过去他曾对她有点儿意思。她耸了耸肩。真是卑贱。打电话给安德雷斯、穿着最紧身的牛仔裤、刻意将丝绸衬衣胸前的纽扣解开真是卑贱。但她没别的办法了。而且他的声音在电话里听起来很友好。"真是意外啊，艾丽西亚！你过得怎么样？"她没对他提起她的生活。她只是说："我正想跟你聊聊呢。不然我们见个面吧？"她尽可能冷静地说道，避免显得太过戏剧化。她不想表露出自己的绝望。她做到了。安德雷斯在迟疑了一会儿后，提出在"巴黎"见面。"七点。我时间不多。你突然出现……"

七点半，她依旧一个人坐在靠窗的大理石桌边。八点差一刻的时候，服务员拿着空托盘走过来。"您是艾丽西亚？有给您的电话留言。您等的人来不了了……他让您下周给他打电话。"艾丽西亚付了威士忌的钱。四块半。她留了一毛钱作为小费，数了数剩余的钱，五块四毛。这是她在这个世界全部的财产……她走出酒吧，深呼吸。"王八蛋，"她说，"安德雷斯就是这样的人。懦夫，王八蛋。"她系上衬衣的纽扣，"而我就是个婊子。"

她穿过马路。她在一间麻编鞋店的镜子前站住，厌恶自己的形象。活该。为了安德雷斯而精心打扮，相信自己的魅力，以为这样就能解决问题……她感到被愚弄。被安德雷斯，被房屋管理者，被房东的表面善良而愚弄……"艾丽西亚，你别担心，等你有钱了的时候再付房租，我们都曾经年轻过……"一想到房东她就感到恶心。她才真的是个贱人，是个骗子，是个婊子。以这种方式欺骗她："你别担心……"然后在最恰当的时机放狗咬人。房屋管理者，威胁着要把她赶出去，立即驱赶。真是个绝招啊。把租客赶出去，接着涨房租。她也真是倒霉。仅仅在几周前她还自信能够拿下一部连续剧。一个她辛苦写了一年多的电视剧本。对方本来确定会接受她的剧本，一切就要成了。但就在那个时候，负责人换了，她的世界也就坍塌了。她活该，活该她太过相信运气，活该她太天真。

"您可以帮助我吗？"她突然听见有人说。

她不高兴地转过头，看见一位老太太。她穿着花衣裳，正对她微笑。她不觉得老太太会需要钱。

"我有糖尿病，有时候分不清颜色……现在是红灯还是绿灯啊？"

"是绿灯。"艾丽西亚说。

帮助，她想。帮助……那个可怜的老太太也需要帮助。

"我带您过马路吧。"她接着说，并向她伸出胳膊。

老太太再次微笑起来。

"小姑娘，你真好！知道吗，我就住在这儿附近。"

她再次来到"巴黎"对面，但老太太依然搀扶着她的胳膊。她们继续向前走。

"谢谢，非常感谢你。我家到了。"

艾丽西亚感觉好了一些。是因为助人为乐吗？在几秒钟内她暂时忘记了自己遇到的麻烦。她看了看房子。是一幢位于扩建区的门房，曾拥有过美好的过去。但那个老人，至少还有家。"你想上来坐坐吗？想要喝点儿什么吗？"

可怜的老太太，艾丽西亚心想。她很孤独，想要和人聊天。而且她比我还要轻信于人。她怎么敢邀请陌生人到家里坐坐呢？

"对不起，"她一边看手表一边说，"我约了人吃晚饭。"

她一整个上午都在幻想着当天晚上的情形。幻想着安德雷斯在惊讶过后，会给她一张支票，或者他们会约定在第二天一早碰头。无论是哪种情况，他都会取消其他安排，邀请她共进晚餐。一个境况窘迫的朋友需要他的关爱……但一切都没按照预想的实现。五块四毛，这就是她的全部资产。最后的希望留给她的余额为五块四毛钱。

"那改天吧，"老太太从手袋里掏出钥匙，"我叫罗……罗莎·玛利亚……但从小到大人们都叫我罗……"

她觉得罗很可爱。一位可爱的老太太。

"我住在五楼。"

艾丽西亚想象着五楼的模样。一套满是回忆的公寓。一套典型的扩建区的公寓。阳台和饭厅在一侧，而主卧则在另一侧。连接它们的是一条长长的走廊，罗每天费力地无数次往返于那条走廊。罗，她对自己说。罗确实是她最后的机会。

"好吧……我上去坐一会儿。就一会儿。"

罗的面孔因欣喜而发光。她打开门，按了电梯按钮。

"五楼。"她重复道。

她还有一线希望。罗看起来那么高兴，谁知道呢，假如将她的悲剧告诉她……她不会给她钱。老人对钱很吝啬。但她们喜欢有个伴儿。她肯定会邀请她搬来她家，和她一起住。最起码可以暂住几个星期……没有其他人可以帮她了。第二天她就要被赶到大街上。然而，也许……她生出一个可怕的念头。她厌恶自己竟然会生出这般可怕的、让人羞愧的念头。但那并非一个念头，只是一个幻想。灵光一现。钱。大叠大叠的钞票藏在意想不到的抽屉里、藏在厨房的垃圾袋旁边、藏在厕所卫生卷纸里面……老太太们都喜欢这样做。把宝贝藏起来，然后就忘了。而且她们通常都有许多珠宝。她在一瞬间想起了她的祖母。"乖孙女，过来，我给你看我的珠宝。"在她去世后几天，被遗忘了的钞票在令人难以置信的地方被找了出来。

"好了，"罗说，"你就当在自己家一样。"

屋子很大，塞满了东西，有些凌乱。艾丽西亚跟着老太太穿过走廊，来到饭厅。阳台的窗帘被拉上了，屋里光线很暗。老太太开了灯，请她坐下。

"姑娘，你叫什么名字？"

"艾丽西亚。"

"多好听的名字啊！"

是的，罗很可爱。她从五十年代的吧台柜里拿出两个酒杯和一瓶雪莉酒。艾丽西亚再次为自己感到恶心。偷老太太的钱，这比勾引安德雷斯还要糟糕。她将喝一杯雪莉酒，然后离开。

"我喜欢时不时地和你们年轻人聊聊天。你想吃点糕点吗？"

她打开一个金属盒子，从里面小心翼翼地拿出来半打饼干，放在陶瓷盘子里。艾丽西亚拿了一片饼干。她从早上起什么都没吃。

"你想来的时候就来坐坐。我很少出门，欢迎你随时来做客。"

是的。她是一位笑容可掬、和蔼可亲的老太太。也许她会比老太太预料的更早回到这里。第二天，带着她的行李以及可以从公寓带走的一切。

"罗，您——"她一边喝完杯子里的雪莉酒一边说，"您一个人住这么大一间公寓，不感到孤独吗？"

"不，一点儿也不！"老太太笑了起来，"我早都习惯了……但你说的没错，这屋子确实很大。我有时候找不到东西……"

老太太一边说着，一边看着周围，寻找着什么。

"姑娘，帮我个忙。帮我看看我的眼镜在哪儿。我记得刚才放在这儿的……也许在橱柜上。"

艾丽西亚站起身来。在找到眼镜后，她将对她开口。算是互相帮助吧。老太太像对待老熟人一样对待她，而且公寓很大。一个房间，她只需要一个房间。仅仅一段时间。

"在这儿。"她说。

就在那一刻，眼镜还在她手中，她呆在了那里。在橱柜上，在发黄的照片、银盒子和瓷花旁边，有一只木碗。一个刻着"马略卡岛的回忆"的盛沙拉的碗。碗里装着念珠、手镯、纽扣、许多两里拉的旧硬币，以及——她是在做梦吗？——好几张五百欧元的钞票。

"谢谢你。再吃点儿饼干吧？"

五百欧元。五百欧元的钞票不怎么流通。也许老太太不知道钞票的面值，或者她把那些钞票忘了。确凿无疑的是那些钞票就在那里，在木碗里，和一些不值钱的玩意儿、念珠、没用的硬币混在一起。至少有五六张。也许更多。六乘以五百……正是她欠的债。那真的是她的最后一次机会。明天，在被赶出去之前，她将把房租付了，并且这并不是偷窃，只是借款。一旦她有了钱，就会一毛不差地还回来。她会分期还款，把钱放在信箱里，放在一个信封里，没有收件人也没有签名，因为她不会再见到老太太，尽管……

"艾丽西亚，"罗说，"你还好吧？"

艾丽西亚。她不应该告诉老太太自己的名字。这个错误证明了她毫无偷窃之心。但这就留下了一个线索……她想起了"巴黎"的服务员问她的问题："您是艾丽西亚吗？"一位老太太指控一个叫做艾丽西亚的人，而与此同时，一名服务员记起曾经向一个叫做艾丽西亚的女人传送过电话留言。安德雷斯这个白痴！不仅放了她鸽子，还告诉了街坊邻居她叫什么。

"是的，罗。我没事儿。我抽烟抽得太多了，有时候……"

"我给你吃点儿甘草糖片吧。对支气管很好。"

老太太消失在走廊尽头。艾丽西亚深呼吸。这不是偷窃，她对自己重复；只是借款。没人看见她上楼。这栋楼没有看门人，她们也没碰见任何一个邻居。况且，谁会相信那个老太太呢？把五百欧元的钞票放在饭厅最显眼的地方？很可能连她自己都不记得那些钞票了。她不是说自己经常丢东西吗？就像罗忘记了放在木碗里的一小笔财富一样，她也会很快忘记艾丽西亚的名字……她必须得做决定。立马！她站起身来，拿起钞票——七张！她有救了——塞进口袋里。她来不及回到椅子上。她仿若听见了老太太的脚步声，于是弯下腰，装作在查看鞋跟的问题。她看见地板上躺着一个破损的玩具娃娃，以及一只没有眼睛的小熊。

"我找不到甘草糖片了，"老太太说，"但我确定昨天刚在药房买了一包。"

艾丽西亚对她指了指小熊。

"您有孙子吗？"她问道。

她的声音很清晰、自然，仿佛没什么好遮掩似的。

"没，"老太太说道，"我儿子没给我抱孙子。"

一个儿子。她儿子知道他母亲将这一小笔钱忘在了木碗里吗？知道他母亲邀请在路上偶然碰见的陌生人到家里吃饼干、喝雪莉酒吗？

36

"您的儿子，经常来看您吗?"

那是告别。一句礼貌性的告辞。艾丽西亚拿了她的包，准备离开屋子。在那个时刻，她毫不关心老太太的儿子是否尽到了孝心。

"不，"罗说，"来倒是不来……他为什么得来?"

她看不见她的表情。老太太背对着她，抓住将饭厅和阳台隔离开来的窗帘的一头。

"我儿子住在这里。和我一起。"

这一切发生在一眨眼的瞬间。她用力拉开帘子，帘环发出的叮当声与她的后半句话混在一起。"这里……和我一起。"艾丽西亚眼前一黑。那是什么? 她不得不靠在椅背上，才不至于摔倒在地。

"这位是艾丽西亚。"她听见。

一个畸形且高大的男人站在铁栏杆后面，垂涎欲滴地看着她。他是一个怪物，一个野兽，一个巨人，脑袋凸起，双眼无神，脸上满是脓疱……首先掉在地上的是艾丽西亚的包，接着是她的身体。第二天她醒来后记起的最后的回忆是罗的声音。

"儿子，对她温柔一点。肉做的玩具都很娇嫩……"

但这不可能是真的，这不是真的。这不过是一场可怕的噩梦罢了，她一生中最糟糕的梦。艾丽西亚躺在床上，还没睁开眼睛，听见钥匙正在开锁的声音。"他们连门都懒得敲了，"她喃喃自语道，"好吧，就让他们把我赶出去吧。

去他妈的驱逐！总要好过……"突然，她感到一只粗糙多毛的手。立即醒了过来。已经是白天了，但她并非在自己的房间，在她的床上，而是躺在一个巨大笼子里的草褥上。罗刚刚将笼子的门打开，把一个托盘放在地上。她看都没看她一眼。

"儿子，我去教堂了。"

她离开装有铁栅的阳台，锁上挂锁。

"看这一个能坚持多久。要逮到一个人越来越难了。如今的女孩子都聪明极了。她们不喜欢和老太太聊天……"

在老太太拉上窗帘前，艾丽西亚瞧见了碗柜上的木碗。那里面放着五百欧元的钞票、念珠、纽扣、许许多多两里拉的硬币、她的手表……她不想再看了。她闭上眼睛。她闻到一阵恶臭的口气，她想死。但那个男人已经将她举到空中，摇晃着她。像摇晃一个婴儿一般。像摇晃一个挚爱的玩具娃娃一般。

人物内像

画并不大。只有 28 厘米 × 35 厘米。况且，用来装置它的画框让画看起来更小了。在我第一次来看展览的时候，差一点儿就对它视而不见、错过了它。一个又高又胖的男人把它完全挡住了。男人的牛脖子奇妙地弯成曲臂台灯的形状，与之搭配的大脑袋缓慢地往前移动，仿佛在等待突然对油画发起进攻的最佳时刻。于是，我继续跟着手中的册子看展览。"马基亚伊奥利画派：意大利现实主义印象派"。我在西诺里尼的画前驻足，发现了法托里、阿巴蒂①等艺术家的作品，并且再一次感叹曼弗雷基金会完美的采光。我并没有走出展厅，而是沿着来路返回。我常常这样做。我参观展览时，通常会走过去，走回来，再走一次，收集沿路看到的所有信息。有点儿像一个被压缩的字母"N"，或是一张字母形状的对折起来的纸。我运气不错。当我走回去时，那个肥胖且老花的男人已经不在了，于是我可以走近那幅画——《人物内像》。

---

① Telemaco Signorini（1835—1901），Giovanni Fattori（1825—1908），Giuseppe Abbati（1836—1868），均为意大利马基亚伊奥利画派（Macchiaioli）画家。

我将试着描述这幅画。一间只含有必需品的房间。床、床头柜、两把椅子、贴着墙纸的墙……从半开着的门我们能看见另一道门。在床边，跪着或蹲着一个女孩。女孩很奇怪。她穿着一件严肃的黑色罩衫，白色的小衣领。她的头倚靠在床上，双手捧着一个包裹——也许是她将床单拧成的包。从包裹的体积来看，我们能推测其中装着什么东西。或者只是脏衣服？在女孩和床单旁边我们能看见一只折叠凳子，也许是个小茶几，上面放着一个打开的盒子，看起来像针线盒。那么，女孩包裹里装着的可能是她的针线活儿，一张桌布或窗帘？也许是的。我们也许永远都无法了解这幅画背后的故事。然而，如果仔细看，我们会发现女孩并非跪着或蹲着，而是伏在地上。更准确地说，是在躲避着什么，仿佛很害怕，害怕什么东西或什么人随时会从门口进来。而且，她可能太害怕了，一边死死握住包裹，一边闭上了眼睛。如果她看不见，也就没人能看见她。可怜的女孩啊！我之前说女孩很奇怪，她的确非常奇怪，或者说她不是奇怪，而是特别。她让我想起自己不久前写过的一则故事中的主人公，我将她称作诺娜。我像之前那个牛脖子的男人一样，慢慢走近画作。那个女孩和我故事中的主角一样，也有着丹凤眼。也许并非如此，也许只不过是因为她采取了鸵鸟的战术，使劲地闭上了眼睛。她的发型与那个年代格格不入：短头发，前额竖起一撮朋克式的发冠。而她的耳朵……在第一天我就注意到了她的耳朵。

40

它们很大，对于一个女孩来说大得有些夸张。让人想起侏儒、精灵或鬼怪。尽管我不知道这是不是作者的本意。女孩的面孔没什么特点，也不如墙纸的图案或镀铜的铁制的床头的细节丰富。也许——我突然想到——那根本不是一个女孩，而是一个年轻女人，只不过因为与巨大的床形成对比，才看起来像个小女孩。而从她身上的严肃的罩衫来看，则又可能是家庭女教师……不，她的身体是小女孩的身体。如果不是因为白色衣领，我会觉得她是个正在服丧的女孩。又或者她是个孤儿院里的孤儿，穿着件难看的外衣？我带着与第一次看这幅画时相同的疑惑，并且比之前还要好奇。

因为我在一个星期后，再次站在了这里。我受邀来马德里参加一个文学讨论会，于是我趁机多住一晚，再次来看"马基亚伊奥利画派"。今天我就回巴塞罗那。搭火车——那是我喜欢的交通方式。但现在我有一整个上午的时间。也许我运气好，会在《人物内像》前听见某个人评论那幅画，道出我没能在书里找到的那幅画背后的故事。在网络上也找不到答案。我甚至天真地向一名工作人员请教，后者无奈地耸了耸肩。和一星期前相比，我并未得到更多的信息。画家的名字，切乔尼 [①]，画作的大概年份，1868 年。有时候——比如现在——我会想，在其他画作中清楚表现作品含义的切乔尼也许是故意想将这个房间和这

[①] Adriano Cecioni（1836—1886），意大利马基亚伊奥利画派画家之一。

个女孩的秘密保存在含糊的表达之中。也许根本不存在什么秘密。即使秘密存在，作者在对画作的尺寸和比例进行大胆尝试后，也许将会为结果大吃一惊……我没再往下想。我听见身后传来窃窃私语和小孩子的声音。我立即转过身。一个年轻的女辅导员感激地对我微笑。

"你们可以坐下来了。"她对孩子们说。

十几个小孩整齐地坐在地上，我走到他们身后几步的地方。但我没走开。我喜欢这种小组，喜欢他们的活动，喜欢辅导员通过细节和人物讲述作品的年代和风俗的方式。孩子们举起手，提出问题，为画作赋予了生命。仿佛他们在为漫画上色，度过愉快的时光。况且，今天我确实很想知道他们怎么看这幅画。于是我等待着。

"好大的床！"一个女孩说。

其他的孩子也表现出惊讶。对他们而言，床显得很大。"很老。"一个孩子说。"是很古老。"辅导员纠正道。但没人提到我以为他们会提到的东西：豌豆公主和她巨大的床。孩子们没提起，辅导员也没提起。也许今天的孩子已经不读安徒生了，又或许这些孩子比我在他们那个年龄时要更注重细节。怎么能将一张只有三层床垫的床与娇嫩公主的铺了二十床鸭绒被的床相提并论呢？！我突然感到自己是个愚蠢的成年人，并在一瞬间怀念起我未曾拥有过的童年。这些孩子，可以安静地坐在一幅油画前，畅所欲言，而不是像在过去那样，只能说老师想听的话。不知何故，我一动不动，保持着姿势，在他们身旁坐了下来。他们有多大？九岁，十岁？

"女孩在和其他孩子玩捉迷藏，其他孩子不在画里面……她屏住呼吸，以防被其他人发现。"

"不，她不是在玩游戏。她是个小偷。偷的东西都在床单里……所以房间里才几乎什么东西都没有。"

"……她还很小，这是她第一次偷东西，所以她有点害怕……"

"她很害怕。她在颤抖。但她没有偷东西，也没做什么坏事。她只不过……"

最后一个发言的是一个红头发的女孩。她说到一半，突然停了下来。她的眼睛依然盯着油画。她带着迷惑的表情注视着那幅画。眼睛一眨也不眨。仿佛她看到的东西和我们看到的不一样。至少不是以同一种方式。

"……然后呢？"辅导员问道，"继续说，不要害羞。"

我一点儿也不认为女孩是出于害羞。但她的确有些激动，我不知道为什么。她深深吸了一口气。

"她知道他们要杀她。"她终于说道。

她的目光继续盯着油画。

她的声音清晰而缓慢，打动了我。还有她的态度。她凝视着油画，仿佛后者是一本翻开的书，她只不过是在念诵书里的句子。辅导员继续追问。

"谁要杀她？"

她微笑。辅导员微笑着，但其他孩子并没有笑。他们睁大了眼睛看着那位同学。

"她的父母。"女孩果断地回答。

她的回答带来的寂静很快就变成了一个疑问。她对疑问做出了解答。她的视线没离开油画，以同样清晰而缓慢的声音全神贯注地讲述我们都想知道的内容。她仿佛在自言自语一般。辅导员脸上的微笑不见了。

"她躲在她的房间里。房间的门开着……她故意让门开着，这样他们就会以为房间里没人，而去别的地方找她……女孩的耳朵看起来很大，但其实并不大。是为了能听见是否有人走近……然后，在确定没有危险后，她将离家出走。去到很远的地方。这样他们就杀不了她了。"

鸦雀无声。我感到仿佛我们都不存在似的。仿若我们处于另一个现实之中。在我们周围形成了一个看不见的圆圈，尽管我们能听见其他人脚步和声音的回声。不只是回声。此刻，仿佛我的耳朵也变大了一样，我能清晰分辨出展厅最远处传来的评论声和赞美声。但我们的寂静将那些声音吞噬了。我们的寂静。我感到自己也成为了这个小组的一部分。

"可是……为什么有父母想要杀他们的女儿？"

我感觉出辅导员的紧张。事情正朝着不可控制的方向发展，而她却不知道该如何补救。可能正是出于这个原因，她再次微笑起来，或者说，她想让其他人觉得她在微笑。但她表现出来的是一副僵硬的表情，强颜欢笑，假冒的微笑。

"因为她知道一些事……她看见了不该看的东西。"

"啊，这样啊，"她僵硬的表情与微笑差了十万八千里，"她看见了什么？是什么东西？"

她很年轻，肯定没多少经验，也可能这是她第一次面对这种解读。她失口提出了那个问题。现在她后悔了。为什么要对那些东西感兴趣？最好不要知道那是些什么。

红头发的女孩第一次表现出迟疑。她看起来有些迷茫，仿佛刚从睡梦中醒来。她低下头，低声回答道：

"我不能说……"

然后她闭上了双眼，和画里的女孩一样。我突然感到两个女孩之间存在一种共生关系：在我身旁的女孩和穿着黑衣让人不安的人像——一种超越了表面特征的融合和相似。我想起几分钟前，当女孩不眨眼地凝视着油画时，我以为她在阅读那幅画。此刻，我的看法发生了改变。女孩看着油画，看到的是她自己在画里，仿佛看到自己在镜中的影子。

"噢，她不能说，"年轻的辅导员恢复了镇静，"那好，我们就说到这里……还有谁想要发言吗？有谁对于这幅画有不一样的理解吗？"

我不知道是辅导员听错了，还是恰恰相反：她听到了，但却故意那么说。唯一可以确定的是，她用不容反驳的语调大声做了一次意味深长的转换。在几秒之间。因为不再是那个有血有肉的女孩坦承道"我不能说"，而是切乔尼画中姿势奇怪地躲在床边的人物承认"她不能说"。假如画中的人物不配合……继续追问下去又有什么意义呢？也许教育并非我以为的那样改变了很多，预料之外的情况依旧让人恐慌。因此，她试图让一切恢复正常。她一个一个地指着孩子们。"你？""你来说说？""谁还没发过言？"很明显，她强行让他们参与进来，试图用他们的发言来抹去几分钟前的不安和慌乱。终于，一个男孩举起了手。

"他是个穿着女孩子衣服的男孩。"

其他孩子笑了起来。辅导员也笑了起来。夸张地笑。伪装地哈哈大笑，在我看来是一种释放，一种解脱。这种笑带有传染性。孩子们的头摇得越来越夸张，向后仰，或前后摇晃。但也有些人对此免疫。比如，那个红头发的女孩，因为她的头一动不动。她没有参与那场狂欢，也毫不理睬同学做出的补充：

"他去参加一个乔装派对，他偷穿了姐姐的衣服……他躲起来是因为有人走了过来。"

这即是最终的版本。最受欢迎的版本，所有孩子都将带着这个版本回家。辅导员很满意，她做了个手势，示意孩子们站起来，于是孩子们很快走到对面墙壁上的另一幅画前。我继续跟了他们一小会儿，听他们的解读和发言。但那个红头发的女孩这一次保持了沉默。我一点儿也不惊讶。她在《人物内像》前把要说的话都说过了，在一面镜

46

子前。此刻，她只不过是一个持有秘密的女孩。

我结束了参观，走进商店，买了些复制画、明信片、彩色铅笔……铅灰色的天空让人忧郁，但我决定步行到普拉多博物馆，去酒店拿行李，再慢慢走去阿托查火车站。我从基金会出来，往前走。还没走几步，甚至还没走过第一个街口——因为我立即停了下来——就听见一阵刹车声，紧接着是尖叫声。许多尖叫。小孩的尖叫。在汽车的喇叭声中有一个迫切的喊声："看着点儿！"

又是那个小组。孩子们此刻一动不动地站在人行道上，像一尊尊石雕。年轻的辅导员跪在地上，抱着一个我无法辨认的男孩。我走过去。一个女人在我身边说道，还好，只是虚惊一场。一些还没弄清事态的司机依然按着喇叭。倒在地上的男孩抱着辅导员，试图努力站起来。他的腿有点瘸，膝盖磨破了，大腿有点儿出血。还算运气好，我听见有人说。我问发生了什么，怎么回事。有人说，都怪那些汽车，发疯一般开得飞快的汽车。也有人说，只派一个辅导员带一群孩子上街也太冒失了。还有人说，校车应该在门口而不是在街对面等孩子们……但在场者没人知道究竟发生了什么。一切都太突然了，他们说。我也就不再问了。就我所知，事故通常都是意外发生的。

但我没有就此离开。那个男孩（我终于看清了他的脸）是个有雀斑的金发男孩，他面带惊恐，突然哭了起来。辅导员再次抱住了他。我看向还依然站在人行道上的他的同学，寻找红头发的女孩。我费了好些工夫才找到她，因为此刻她穿了一件之前坐在展厅地上时没穿的带风帽的红色防水外套。我看见她在颤抖。一个刚刚收到大灰狼警告的无依无靠的"小红帽"。我发现她带着与之前凝视切乔尼油画同样的全神贯注凝视着那个有雀斑的金发男孩。但她的表情不再迷惑。她只是颤抖。仿佛她知道那个意外是冲着她来的；仿佛那只是个错误，只是时间问题。我记起她在与躲在自己房间的女孩融为一体时说的话："他们要杀她。"此刻，我仿效辅导员的做法，改变动词的宾语，把动作授予了她。"他们要杀我！"那即是女孩当时想要告诉我们的，也是她此刻用因恐惧而瞪圆的眼睛向我们复述的，或者是惊讶更胜于恐惧？我想要读懂"小红帽"的内心，想要知道她是否认为刚刚发生的不过是一场小意外，还是一场失败的谋杀，抑或是一场致命的警告。尽管，事实上这一点儿也不重要。也许是那个雀斑男孩不小心冲到了马路上，没看车辆，也没计后果。重要的是它带来的惊吓。女孩因可能会发生在她身上的事故的预兆而颤抖，一种杀死她的可能方案，一场事故。

　　救护车和警车同时抵达现场。我试图说话，告诉他们需要照顾的不仅仅是那个被撞的男孩。另一个孩子正在经受一场惊吓，看她颤抖得多厉害。但我只勉强说出"拜托……"，就和其他路人一起，被警察恳请腾出空隙，离开现场。我甚至都没能最后看一眼那个穿着防水外衣的女孩的面孔。一名交警在马路对面指挥孩子们排成队，走上等待着他们的校车。我没办法，只能继续往前走，并且一次次地问自己："我该做什么？"

我突然想起，在离酒店几条街远的地方有一个警察局。昨天我经过的时候注意到了，我记得是在乌尔塔斯街，或是在下一条，莫拉丁街。无论警察局是在哪条街，我都有充足的时间来思考应该对警察说的话。一个红头发的女孩，马基亚伊奥利画派，小女孩在一幅画作前说的话，突然的刹车……他们可以去问问救护车，问问他们的同事。他们会知道学校的名字，或者那几所学校的名字——如果是好几所学校的话。因为我突然想到，那也许是个临时小组，汇集了来自不同学校的学生，参观不同展厅的画展。我也问自己，那个年轻辅导员是那些孩子的老师呢，还是只是临时被雇为领队，但其实根本不认识那些孩子？太多的疑问。最重要的是，我该如何用这么少的信息构建一个连贯的叙述呢？我可以从自我介绍开始。"早上好。我是一名作家。我的名字是……"只是想象这番场景，都让我觉得自己可笑。一个伪装成作家的疯子，或者说，一名疯作家——有什么区别？！为了避免误会，我可以建议他们在网上搜索关于我的信息……他们一定不会那么做——至少在我面前不会那么做。然而，即使他们上网搜了，即使证明了我所说的是真的，他们也不会因此而对我怀有哪怕是一点儿尊重。警察局里一定满是空想家、通灵者、偏执狂、无业游民、拥有超感力的家庭主妇，或者像我这般想象力丰富的人。"又一个自以为是阿加莎·克里斯蒂的人……"他们一定会这么看我。况且，我要控告的是什么呢？一个还未犯下的罪，一对我未曾见过的夫妇，我不知道名字的女孩的父母。这样不行。我也可以在进门时就表示抱歉，那样会更好。"我知道我没有足够的证据，但我想报告刚刚目睹的一件事，万一某一天……"某一天怎么样？警察局肯定没多余的时间，也没有一个叫做"万一某一天……"的档案夹来记录这些假设。但我接着说："……万一某一天发生一桩可疑的事故，一场消失，一场死亡……，请记住我说的话以及……"这样也不行。"女士，每天都在发生许多可疑的事故、消失和死亡……"我唯一可做的是请他们耐心听我说。我将从头说起。在展厅里的那群小孩，红头发女孩的评论，她的表情，以及我觉得她在描述自己……我的手袋里装着在商店买的明信片，其中就有《人物内像》。也许我可以将它拿出来，放在桌上，这样能更好地叙述。但最重要的是，我应该清楚地告诉他们，最初在基金会展厅里面的时候，尽管女孩的话语和表情打动了我，但那时我的情感还没爆发。一个持有秘密的女孩。不过如此。直到后来，在马路上，当辅导员拥抱着被撞的男孩，而女孩像树叶一般颤抖时，我才明白了她的故事并不是想象。然后，我开始描述她。红头发，九至十一岁之间，穿着一件带风帽的防水外衣，也是红色……"现在您跟我们讲'小

50

红帽'的故事，接下来您会讲'白雪公主'。"不，最好别提防水衣的颜色。最好什么也别做，至少在我大步走向酒店——走向警察局——的路途中。想象力开始捉弄我。因为接待我的检察官、副检察官或最低级别的警员对我的委托袖手旁观。不知道为什么我会这样想象他：体格健壮、肌肉发达、傲慢无礼，只想着快点儿回到根本就不该离开的健身房。也许是受电影的影响，或者是电视剧，又有什么区别！但这样不行。我在开口说话、在草拟似乎可信的陈词之前就局促不安，我毫无信心地走进建筑，事先就被打败了。尽管并非一点儿希望都没有。我试图让自己抱有希望。假设（生命中的巧合）那一刻在大厅里执勤的警员之一曾读过我的书，或者至少知道我。也许他不认得我的面孔，但却听过我的名字。于是他决定亲自过问我的案件，无论案件的内容是什么。他接待了我，那就会改变一切。我再次想象自己向对方表示抱歉，明知自己证据不够，并向对方展示《人物内像》的明信片。借着作者和读者之间常见的那种密谋关系，一切都自然轻松地进行着。然而，那个假定的读者会如何做出反应？他会微笑。那名热心和蔼的警察微笑着说：

"您太敏感了，正因如此，您才成为了作家。"

不，这样不行。我喜欢更专业一点儿的。

"一点儿征兆都没有。在画作面前的叙述，以及在同学发生事故时大写的惊吓。一个情绪丰富的小女孩。"

也许是的。然而，她为什么说她的父母要杀她？杀她，或者杀画里面的女孩，都一样。并且，杀人的动机是什么？她看见了不该看的东西。至少她是这样说的。

"您没想过'那些东西'可能会是什么吗？"

是的，我当然想过，那个辅导员——或是老师、领队——也想过。但那个想法像箭一般，一闪而过。此刻，虚构的警察帮助我找回了它。

"最有可能的是她意外撞见他们在床上，正在……您应该明白我指的是什么。"

也许他说的没错。红头发女孩在不恰当的时刻进入了她父母的卧室。她将亲昵与对抗、攻击、殊死搏斗……混淆了起来。她父亲在暴怒中将她赶出了卧室，或者是她母亲。不，应该是他们俩一起，因为她指控的是父母两人。"她父母"。也可能他们威胁要惩罚她。然而……死亡？

"有些女孩子的想象力丰富到让您难以置信！"

我将警察（读者）从大脑中抹去。他同样对我没多大帮助。也许有所帮助。也许我天真地用他来让自己做出最后的决定。接受这个事实的微不足道：第一次闯入警察局的我，沮丧地走进大门，犹豫不决，没有事先准备好的演说，仿佛一切还未开始就已丧失殆尽，而事实也的确如此。甚至那名和蔼善意的虚构的警察，也没能帮上任何忙。"想象力和情感丰富的小女孩"，那即是结论。任何其他东西，假设女孩看见或发现的东西与卧室亲密游戏没有关系，都无足轻重，尽管（仅仅是假设的情况）女孩因此而为自己的生命担忧。这是多么可怕又令人羞愧啊！

我继续往前走。我在心里对自己重复道，我从未认真考虑过去警察局。正如生命中充满了幻觉，怀疑无辜者是再容易不过的一件事。尽管只是在脑海里想象，我也被自己、被自己几分钟前想要做的事吓到了。相信一个小女孩的幻想，继而指控她的亲生父母。那是非常不负责任的行为，它并未真实发生，只不过曾出现在我的想象中。此刻我离开普拉多大道，拐进莫拉丁街——是的，莫拉丁街，我没记错——看见几米外那个我永远不会走进的警察局。两名警察在门口聊天。一定是感官的错觉，但我站在这里，站在距离警察局几米外的地方，竟觉得他们很面熟。其中一名警察很高，显得傲慢，为其在健身房苦练得来的肌肉而自豪。另一名身材矮小一些，微笑着，仿佛盼望着快点下班，就能继续沉浸在阅读之中。

我在酒店取了行李——一个双肩书包，然后匆匆走去阿托查火车站。走到车站时，高铁已经停在了站台。我好几年都没这样奔跑过了。找到座位后，我疲惫不堪地坐下。有那么一瞬间，赶不上火车的念头对我来说是灾难性的，像世界的尽头一样。"一切是多么荒谬！"我心想。事实上，当高铁开动后，我感到无比轻松。我没细想其中的原因，但一个不假思索的举止立即将它指明。我用双手拉开小桌板，从手袋里拿出装着画展明信片的信封。我飞快地一张一张翻看，直到在我寻找的那一张面前停住。此刻，我感到多么奇妙！我几乎一整个早上都面对着这幅画，而此刻，这幅画依然像第一次看见它时那样打动我。乏味的房间，半开着的门，伏在地上握着包裹的人物，巨大的床……那个牛脖子男人在准备冲向油画时也许有着类似的感受。我微笑着想起了他，并在将明信片放回去之前模仿他用双眼近距离注视着明信片好几秒。但我最终没有将它放回信封。最后一次，以告别的形式，我再次见到那个有血有肉的女孩的目光。我看见她穿着红色防水衣跪在床边。她再次成为惊恐的"小红帽"。此刻，她成为了油画中的主角。那个害怕、躲藏、计划逃跑的女孩……由于此刻我正以令人目眩的速度前行，马德里离我越来越遥远，我开始重新找回之前被我抛弃的假设。我想到她亲眼目睹的、让她生命受到此般威胁的场景。我想到一桩只能由另一桩罪行来掩饰的罪行。我想到她颤抖的模样。想到她的惊恐万分。想到她如此肯定自己成了一个障碍，处境很危险。想到她父母，一对没有面孔的夫妇在卧室秘密策划着如何用最巧妙的方式将他们的女儿杀死。

再一次站在出发点。没有补救的措施。女孩隐藏在乏味的房间里，此刻我确定危险是真实存在的，她的害怕是有根有据的。我从手袋里拿出纸和笔。一封信？一封匿名信？一封署名信，沉着冷静地一步一步叙述我的推理？我知道那样做一点儿用也没有，并且荒谬可笑。但纸和笔依然在桌上，在明信片旁边，仿佛在激励我不要停下来，仿佛仍在等待着什么……也许正因如此，我取下笔盖，想了一个标题："人物内像"。我做了我唯一能做的事：写一则故事。

芭布萝的下场

很小的时候，我们中的一人就发现了看而不见的可能性。那是某年夏天，我们在山村里和同龄的小孩儿一起玩耍时，发现了一只死猫。我们三个女孩儿都没有见过死猫。更不要说像那只猫那般巨大的死猫，躺在血泊之中，睁大的眼睛一动不动，和玩具猫的眼睛一模一样……但那场景只持续了几秒钟。立即有人大声呼喊起来，接着是一阵跑动声和尖叫声，一大群孩子里只剩下最勇敢的几个留在红色血泊边。小伙伴里最年长的那个男生，和我们三人中的一个。

然而，即使在过了这么多年后，我们依然不太清楚到底是三人中的哪一个发现了看而不见的本领。我们每个人都确凿无疑地记得那件事。目光死死盯着流血致死的猫，而思绪早已跑到了十万八千里以外。可以肯定的是，那项专属于某个人的本领很快就变成了家族特色。我们将它用在缺乏戏剧性的日常生活中。我们在学校使用这项本领，尤其是在无聊的课堂上，假装看着地图或黑板、听着老师讲课或斥责。从来没人发现我们心不在焉，我们的表情也从未将我们的内心出卖过。我们对这项本领非常熟稔。我们在那里，我们又不在那里。我们为此而感到骄傲。正如此时此刻，在想起它的时候。

因为我们刚刚想起了它。是的，就在刚刚，突然地想起。就目前的处境来看，我们会有充足的时间来回忆那只死猫，回忆过去的任何一个时刻，追溯一番记忆，甚至写一本书。接待我们的工作人员记下了我们的名字，与她名单上的姓名核对，然后专注地盯着我们（也许她也会看而不见的本领），问道："你们是姐妹？"这个提问并非像听起来的那么愚蠢。虽然在她的本子上写着我们各自的名字和相同的姓氏，但那个和蔼的女人真正想问的是："三胞胎？"这点很有意思。小时候我们仁并不太像。但长大以后，很多人分不清谁是谁，把我们搞混。正如这名工作人员在查看我们的出生日期之前那样。我们回答她道："是姐妹。"接着她就把我们领到了这个冷冰冰的房间里。

"请坐。"她说。然后她指了指房间尽头的一道写着"禁止入内"的门。"稍等一会儿，有人会叫你们进去。"

已经过去半小时了。在这"一会儿"的时间中，我们聊了聊最后一次见面后各自的生活，追溯了一些过去的轶事——譬如那只死猫。我们没话找话地聊天，目的是为了不去面对我们聚在这里的真正原因。这个原因即是芭布萝。又一次是她。芭布萝将我们紧急召集起来，然而，令人感到讽刺的是，事情看起来并非刻不容缓、迫在眉睫。但我们无法再继续自欺欺人了。在某个时候，那道门将被打开，我们必须为最糟糕的情况做好准备。然而，最糟糕的情况可能会是什么？

我们并不知道。

此时我们想到，最糟糕的情况，其实在很早前就发生了，就像童话故事一样。"在很久很久以前……"只持续了一天的童话。但那一天很快乐——这一点不容否认。芭布萝，来自北方的眼睛，在我们的父亲最需要爱的时候进入了他的生活。正因如此，我们热情友好地迎接她的到来，对她张开双臂。那时候，我们的父亲还是个有魅力的男人，他已经鳏居多年，而且女儿们也都已成年，有了自己的工作、朋友和生活，在家里待的时间也非常有限。我们很爱他，我们当然非常爱他。但那并不是父亲需要的那种爱。"我是个男人，"他有一次对我们说，"你们不知道我多么想找个合适的女人一起生活。"他并非对我们坦白、抱怨他的孤独，也并非提前向我们通报他的计划，然而，我们却一点儿也没将他的话放在心上。我们以为——后来我们不止一次地想起他说的话——他那么说是为自己找借口。是为了在那之后不久，当他开始每晚出门、长时间煲电话粥、在外面度过大多数周末而不解释到哪儿去了时，我们不会太过惊讶。我们非但没有感到不安，恰恰相反，我们为此十分高兴。他一直是个称职的父亲，如今轮到他享受生活了。某天下午，我们隔着半掩的门听见他在打电话。他好像加入了某个俱乐部的会员，和在那里认识的新朋友见面聚会。我们以为，"找个女人一起生活"不过是个理由，一个借口罢了。他没能找到那个理想中的女人，因此决定夜夜笙歌，纵情狂欢。

在几个月的时间内，他仿佛年轻了十岁。他对衣柜进行了大换血，也换了发型。某天，他通知我们："我想介绍一个朋友给你们认识。"一周后，他让我们准备一顿晚餐。不需要太过铺张；也不要太过简单。介于两者之间，要能展现我们的厨艺。"你们会喜欢她的，我很肯定，"他笑着说，"而我也会为我的三个女孩而感到骄傲。"那时候我们还是他的三个女孩。我们仨着手开始准备。鲅鲦鱼龙虾千层酥做前菜，主菜为芥末里脊配烤马铃薯，自制巧克力葡萄干冰激凌做甜点。我们的父亲负责选葡萄酒，晚上九点，餐桌已经摆好，他赞美了桌布和餐具。我们完美地执行了他的要求。并非特别奢华，也不至于太过日常。那餐桌有着"家的温暖"。是的，他原话就是那么说的："家的温暖。"他看了看手表。那是他第五次还是第六次看了。仿佛分针停了下来，时间不再前行，只有他目光的力量才让表针又走了起来。他很紧张，又充满期待，像个孩子。我们不想问他他朋友什么样，多大年龄，他们怎么认识的。我们宁愿等待。九点一刻的时候，门铃响了，我们的父亲开了门，芭布萝高挑的身形出现在门口。在那时我们还未称爸爸为"我们的父亲"。

我们很喜欢芭布萝。我们觉得她很漂亮,非常漂亮。她穿着休闲的服饰,金发扎成一个马尾,用她蓝得近乎透明的大眼睛看着我们。来自"北方"的美丽的眼睛。她的身形也标识着她来自"北方"。她的一切都是"北方的",大写的"北方",而我们的父亲,在她身边则变成了绝对的"南方"的代表。黑头发,中等身材,黑眼睛,银白的两鬓……一个依旧英俊的成熟男人,站在一个年轻高挑的斯堪的纳维亚美女身边也毫不逊色。芭布萝比我们的父亲要年轻得多,尽管还不至于被别人——无论是出于善意还是恶意地——认为是他女儿。他们很般配,很引人瞩目。是那种常常出现在游艇上的、奢侈的、永远在度假的、总在跨国旅行的一对,是天造地设的第二春。这一点毋庸置疑。至少从我们的父亲这方来看。芭布萝,无论她来自何方,都是上天带给我们的恩赐。

"你们是……"她笑着说,试着将听过的三个名字和三张脸对上号,"贝尔……露丝……玛尔……"

她都猜对了,我们笑着准备亲吻她的脸颊,但她抢先一步,向我们伸出了手。然而她却在我们的父亲的脸颊上亲了一口。我们记起在许多文化里,某些表达方式只用于最亲近的家人或朋友。看来我们的父亲已经成为了后者中的一员。

60

"真漂亮！"她带着迷人的口音说道，"这房子真让人喜欢！"

晚餐和我们的父亲预期的一样。很温暖，用他的话来说，从桌布和餐具开始就带有家的温暖。芭布萝夸赞了葡萄酒，并品尝了菜肴。她非常喜欢鮟鱇鱼和龙虾，还问我们要了做法。她说真羡慕我们的父亲有我们的精心照顾，对我们赞赏有加。我们厨艺很好，也很可爱。他看起来很幸福。为双重胜利而自豪。为他的女儿们，也为芭布萝，或者说，为芭布萝给他的三个女儿留下非常好的印象而自豪。因为事实正是如此。他来自北欧的朋友首次见面就征服了我们，我们同时也意识到——根本不用向他求证——芭布萝也征服了他。正因此，他才着迷地看着她。正因此，他才因晚餐的成功而感激地看着我们。我们也猜到，一周前他告诉我们想要找个女人一起生活时，一定费了好大功夫才掩饰住他的幸福。那个女人在那时候就已经存在了。她叫芭布萝。

我们伸出手（这一次我们抢占了先机）向她告别，并期待下次再见。我们的父亲按了电梯，并提出陪她下楼。关上门后，我们听见他的笑声，并用比平常更高分贝的微醺的声音问她，觉得他的三个女孩怎么样。

"我三个亲爱的女孩……"他重复道。

"棒极了！"芭布萝迅速回答。

随后，她带着亲热和嘲笑的口吻，缓慢地，非常缓慢地，用夸张的口音、夸大的崇敬之情，补充道：

"爸比，爸比，爸比……"

我们听不下去了。就在这时，电梯到了，面红耳赤的我们仨离开了门，不再偷听。我们打算在他回来后告诉他，他必须得收敛收敛他的骄傲，更重要的是，他不能再继续叫我们"女孩"了。至少说，在某些情况下。那晚的情况非常特殊。他需要我们提醒吗？我们收拾了咖啡杯，各自倒了一杯酒，坐在深受他褒奖的带有"家的温暖"的餐桌旁等他回来。然而，过了没多久，我们决定最好还是不要说了，让事情保持原状好了。他不是第一个也不是最后一个对自己女儿表示亲昵的父亲，就算芭布萝会因此而开玩笑嘲笑他，也最好从一开始就让她明白这一点。接着，我们都笑了起来。我们为什么像等待小孩一样等他回来？我们究竟为什么害怕自己会成为障碍？什么的障碍？唯一确定的是晚餐非常成功，一切辛苦都是值得的，我们为之感到高兴，也感到疲惫。于是，我们就此结束聚会，各自回房睡觉。"从此，他们过上了幸福的生活……"——然而，那天晚上我们三个人一夜都没合眼。

一个星期后，他们结婚了。他们做得非常隐秘，绝对的保密。我们是最早知道的人（除开法官和见证人以外）。他们说："我们刚结了婚。你们觉得怎么样？"我们既不觉得好，也不觉得不好。我们既不高兴，也不悲伤。况且我们也没时间作出反应。因为在宣布了结婚的消息后，门铃就响了起来，我们打开门，进来的是门卫……和他一起进来的是四个行李箱，几个手袋，一辆运动单车和几件装在透明塑料套里的大衣。那个可怜的男人跑了三趟才将电梯里的东西搬光。就是在那一刻，在那一刻我们开始明白了。我们明白了自己正在见证一场有预谋的入侵，没人事先咨询过我们的意见，而且很明显，我们的意见从此将变得无足轻重。我们呆成石头，说不出话来。像石头一样，无言以对。因为石头不会说话，没有思想，也没有感情。石头是坚固且紧密的矿物质。就像那天的我们一样。三块立在客厅里的岩石。与此同时，他们俩笑着将行李拖过走廊，低声说着什么，像发情期的鸽子般咕咕私语。那是最让我们受不了的一点，将我们从石头的诅咒中唤醒，把我们带回现实。一阵咕咕声传到我们耳畔，让我们尴尬至极。尴尬，也许那是我们第一次切身体会到"尴尬"一词的真正含义。由于咕咕声以及尴尬，我们决定去楼下街角的酒吧，借着酒劲，我们在没有交谈甚至没有交换眼神的情况下，像看电影一样把事情和想法都理了一遍。那些节奏紧凑的场景里只有两个主角：芭布萝和我们的父亲。芭布萝第一次出现在家门口不过是一个星期前的事，然而我们却觉得仿佛已经过了好几个世纪。和那时候相比，他们俩已经发生了改变，我们也变了。

因为在那个令人难忘的夜晚（仅仅在一周以前），一切都按照父亲预想的进行。我们很喜欢芭布萝。我们觉得她很漂亮，非常漂亮，她的金发扎成马尾，着装休闲，用蓝得近乎透明的大眼睛看着我们。来自"北方"的美丽眼睛……但有个什么东西让我们那晚无法入眠，虽然第二天我们将之归咎于疲惫，归咎于完美完成任务的成就感，归咎于我们待在厨房、在烤箱边烹饪马铃薯或千层酥饼的时间，归咎于在饭厅挑选餐具和桌布的时间。那时的我们是那样认为的；此刻，我们知道事情并非如此。在那个完美的夜晚一定曾出现过什么不该出现的事物——一个细节，一个表情，一个词，一个不和谐的音符，一阵轻微的噪音。某个不合时宜的东西，被欣喜雀跃的我们忽略掉了。而它又在夜晚露出头来，伪装成失眠。掩饰。我们又要了一杯酒，继续分析那晚的情况。那即是我们的目的——查明那晚被我们愚蠢地回避掉的究竟是什么，我们为什么没有早做防备。另一个目的是让我们高兴起来，让我们获得足够的勇气或冷漠，从而回到家里，接受从今以后家里就是五个人的事实。强制的同居生活，缺失的尊重。

或者更准确地说，那更像是一场车祸？在最初的惊讶过去后，芭布萝的存在使人不安，并且出乎意料地将我们贬为隐形人，仿佛我们不存在似的，仿佛我们在属于我们的舞台上成了没有对白的群众演员。这时，之前因他人而感到的尴尬变成了自身的羞愧。因为有些东西是不应该去想的，如果去想它，就应该尽量将它遗忘。但我们是三个人，在三双眼睛中有一道我们无法回避的愤怒的光芒。同样，我们也不可避免地提及这房子是我们的，是我们三个女儿的，尽管法律允许父亲在世时享有房屋的收益权，但也应该是我们四个人之间的问题。像通常一样，像每一次有重大问题出现时一样。然而，那一天并非像通常一样。于是，我们三个失去理智的女儿，生平第一次将遗产所有权证书摆出来，将之作为最后一把武器。

"真让人羞愧！"我们中的一个人说道。

是的，我们感到很羞愧，但更多的是愤怒和惊愕。我们喝完最后一杯酒，想象着怎样能在日常生活中还以小小的报复。不如我们也各自邀请男朋友来家里同居？将家里变成蜗居着四对情侣的劣等公寓？或者在客厅排练舞蹈？在厨房组建一支乐队？但就连这般不切实际的幻想也无法让我们平静下来。恰恰相反。我们越是想着让朋友来家里住，越是想着用大鼓和沙球占满家里的公共区域，我们就越是愤怒，越是气恼。我们又将那天晚餐的情形顺了一遍，试图找到某个细节或不慎的言行来解释父亲出乎意料的态度，也为事情接下来的发展寻找征兆。我们一致认同他们俩在那天晚上就已经做好了决定，或者说几乎做好了决定。因为我们突然回想起美丽的芭布萝刚进门的场景，她的马尾，她透明的大眼睛——在巡视了客厅后用迷人的口音说出下面这句话时她的眼睛睁得更大了：

"真漂亮！这房子真让人喜欢！"

也许就是在那里，在那一刻，受邀的客人为已经做出的决定添加了一个细节。他们将结婚，并住在一起（一切再自然不过了），然而，他们将（噢，多么妙的点子啊！）住进我们家里。没有别的地方比这里更适合了。因此，当我们回想起那一刻的时候，她的双眼对我们而言不再是蓝色的大眼睛、来自"北方"的美丽的眼睛（此处略去数之不尽的形容词），而只是一双垂涎的眼睛。芭布萝——此刻我们非常确定——用她垂涎的双眼巡视了一番客厅。

然而，这就是我们下意识捕捉到的信息吗？我们耸了耸肩。也许是。也许不是。但假如真是这样（酒精让一切想法看上去都那么真实），余下的就不难推测了。芭布萝，用我们刚在走廊听见的甜言蜜语，很容易就说服了我们的父亲。我们的父亲是一个容易得手的猎物，太过容易了。"一个男人有可能在一夜之间变成傻瓜吗？"这个问题飘浮在空中，却没人愿意去回答它。因为答案是："是的，可能。"一个男人确实有可能在一夜之间变成傻瓜，并且失去财产所有权，正如我们刚刚在那边楼上、我们即将回去的公寓里见证的那样。我们的公寓。我们不再感到羞愧，也不因他人而尴尬了。我们都喝醉了，此刻的我们确实是石头。"烂醉如泥的石头！"于是，我们大笑着走出酒吧，走进楼房，按了电梯按钮，回到家。我们费了好大劲儿才把钥匙插进锁孔里，然而，当我们终于把门打开后却一声不响地走进屋里，动作缓慢地前行，像无声电影一样。在走到客厅门前时我们停了下来。出于谨慎，也出于方便，因为我们一点儿也不想聊天或表现出礼貌。我们那样做是对的。几秒后，一切都真相大白：我们产生抗拒感的原因，以及那些不合时宜的事情。那些未能让我们保持警惕却被我们错误地理解为玩笑和带有爱意的嘲弄的话语，与父亲曾经对我们的关爱是那样相似。他们俩就在那儿，完全没发觉我们，以为只有他们俩在家里。他坐在最喜爱的扶手椅上，眯着眼，幸福地微笑。而她则站在后面，双手按摩他的后颈，爱抚着他的肩膀，同时轻声喊着："爸比，爸比，爸比……"

她叫他"爸比"，而他叫她"亲爱的"。与"爸比"和"亲爱的"同居几乎是件不可能的事。最开始的时候，我们尽量回避公共区域：厨房、客厅、饭厅……但也没什么用。"亲爱的"和"爸比"穿越墙壁，他们的笑声能滤过任何缝隙，渐渐地，退居到卧室里的我们眼睁睁地看着"爸比"与"亲爱的"的扩张巡逻队毫无止境地压缩我们的疆域。于是我们选择将楼下街角的酒吧变成我们的新家，并且，从某种意义来说，我们把地盘拱手交给了他们。只是从某种意义来说。我们在那里吃早饭，日落时又再次在那里碰头，而且总是坐在同一张桌子，靠近窗户、面对街道的那张——那是个绝佳的观察点，可以完全掌控进出大门的情况。这一点很重要。我们需要避免与她单独在家里相处。因为从周一至周五，我们的父亲通常在办公室工作到很晚，与她单独在家里相处的概率实在很高。这比与他们俩一起在家里时还要糟糕。因为单独在家的芭布萝不再轻声细语或撒娇，也不需要引诱任何人，于是她变成了另一个人，冷漠，神秘，有距离感。芭布萝一个人在家的时候，让人恐惧。

于是，在某个下午，我们逃离了让人难堪的共处，突然到访父亲的办公室。他需要讲道理，理解勉强的同居对谁也没好处，他得制定一个期限开始给他们俩找房子。但在见到他的那一刻，我们就自动缴出了武器。他微笑着，十分幸福，为这惊喜而开心。在那一刻他重新变成了"爸爸"，一个因为见到他的"三个女孩"而愉悦满足的父亲。

"太让人高兴了！"他说，"真是惊喜！"

他很坦诚。我们也是，表现出十二分的亲热。我们尽最大努力，试图在提到芭布萝的名字时不表现出哪怕是一丁点儿的反感或厌恶，直到我们发现一点儿用也没有。

"你们这样对她太不公平了，"他说，"而且太自私了。她在此之前从来没拥有过一个真正的家庭……"

接着，他出其不意地将话题一转，仿佛被什么东西附了体，像在背诵一段牢记于心的话，或是讲述一段出自他人之口的话。

"而你们，正相反，从来什么都不缺。我太娇惯你们了……这让我感到羞愧。"

那只是个幻觉。感官欺骗了我们。爸爸再次迷失在过去，而那个我们称之为"我们的父亲"的男人重新扮起了他最近的角色：那个被支配且着了魔的受害者，他女人的傀儡。"冰一般的双眼"。

　　但一切不可能都发生得那么快——我们此刻想到。在我们同居期间一定也曾有过一些美好的时刻。一定也有过一些同谋、相互理解或和睦的时刻。然而，无论我们怎样搜刮记忆，也找不到任何能证明这一推理的证据。结婚后的芭布萝立即摘掉了我们刚认识她时的诱惑面具。在一天之间，毫无掩饰。她集中精力，在那个我们曾如此深爱和钦佩的男人周围织起一张蜘蛛网。她是他的中间人，他的翻译，他唯一认可的发言人。她以他的名义说话，发号施令，并对我们的言语和行为提出异议。毕竟我们是"南方"的。尽管芭布萝与我们的父亲结了婚，但她有时候会傲慢地瞧不起一切带有"南方"气味的东西。这情形不仅可笑，甚至开始变得有些怪异。"北方"和"南方"不再指代地理位置，而变成了两支敌对的队伍。"北方"代表着至高的理念："美好的"。而"南方"则由于"北方"的缺席，显得愚昧无知。两支队伍为任何小事随时随地地展开斗争，而结果无一例外都是客队取胜。那是裁判——我们的父亲——的判决。他到底是出于善意还是恶意，这一点已经不重要了。获胜后的芭布萝会用她带着荣耀之光的冰一般的双眼看着我们。

　　此刻，我们感到有些意外。我们惊讶地自问，我们怎

69

么能够忍受那么多荒唐的事而却没想到过用老办法来中和它？比如，把她变成双眼一动不动的死猫，对它视而不见，将我们的注意力转移到十万八千里以外。但我们很快就找到了答案：如果那样做，也就是选择了逃离，丢下一切，将家拱手交给"爸比"和"亲爱的"。一场溃败。因为那怪异的情形不仅让人难以容忍，更随时可能耗尽我们残余的耐心和包容。于是，在我们漫长的同居生活满三周的那一天，我们等不下去了，再次采取了行动。这一次不是在办公室，而是在家里；五个人一起。我们的父亲必须做出决定。她，还是他的女儿们。他做出了决定：他的女儿们。

然而，那并不像一场胜利该有的模样。这一次他们同样是有备而来。他们决定搬去乡下一栋漂亮的屋子，这几天就会买下来。那栋屋子还带有一块土地，他们很快会在那里修一栋给客人住的小屋。"随时欢迎你们来住。"他们后来说道。他们给我们看了许多照片，一个理想的退隐之地。尽管这个鼓舞人心的消息意味着荒谬的关系就此结束，但从一开始空气中就飘浮着某种不祥之物：一朵黑色的云、一个征兆、事先精心谋策的证据。一个带有署名的诡计，这个署名就是芭布萝。因为我们对他们在乡下买房的打算一无所知，也不知道他们将宣布这一绝妙的秘密，我们的行动不免有些冒失。假如事先知道他们要买房，那么我们就不会这么做了。但是，有人预料到了我们的计划。我们竭尽全力将手上所有的牌都拿了出来，在恰当的时机到来之前，在意识到我们正在掉进陷阱里之前。委屈和不满都被罗列了出来；需要一个解决方案的紧迫性也被提了出来。同时，无辜的芭布萝伪装出来的惊讶也摆在那里，她哭泣的双眼以及小女孩般的神情。

"我从没想到我们的存在会给你们带来如此多的麻烦……"

我们不再觉得她的口音迷人。我们只觉得它虚伪、恼人、做作。此刻，她一边夸大其无助的表情，一边告诉我们令人意外的搬家的消息，一个惊喜。她说，他们只不过是想要给我们一个惊喜罢了……但此刻她的脸上不再带有小女孩的表情，而是绵羊的表情。一只受三只残忍的母狼追逼的毫无防备之力的绵羊。从那天起，我们在父亲眼里就是那个形象：三只母狼。我们已经回不去了。如果说我们拿出了手里的牌，那么芭布萝则刚刚向我们展示了一整副牌，并且我们无法破译她的纸牌的代码，至少那时候还未能破译。对于芭布萝那样一个充满惊喜的盒子而言，永远都有一个"还未"。

接下来是致命一击！此刻，我们在这冷冰冰的房间里，面对着那扇我们不久前走进来、带我们去向另一扇门的门，我们唯一能做的即是微笑。我们微笑是因为有些事让我们无法理解，也无法解释。但在突然之间，在好几年之后，我们开始对某个卑鄙的行为产生了荒诞的兴趣。因为事情的真相就是那样，一个卑鄙的行为。他们准备搬走，收拾了他们的东西，并装走了家里最好的地毯以及几幅陪伴了我们生活的画……站在电梯门口，芭布萝再次用天真无邪的童声说："昨天我清理了办公室。把它打扫干净了。只留下了你们母亲的照片……"她说的是"你们母亲"？还是她胆敢说了"妈妈"？哪种情况都不足为奇。可以接受。她不把那些照片留下来还能怎么样呢？我们将会去办公室整理那些照片。然而，连整理照片都变得不那么容易了。她的确把妈妈的照片留在了办公室的书柜里。然而，那些照片光着，没了相框，一张叠在另一张上面，乱七八糟……

这是"冰一般的双眼"使出的一个新招，低劣，卑鄙，可恶。我们既感到愤怒，又再一次感到尴尬。那个让人厌恶的词：尴尬。而在此刻，在许多年后，我们却微笑起来。芭布萝这个偶尔作案的小偷，将相框都带走了。因为相框可能很值钱？作为纪念？为了向我们宣告"我恨你们。虽然不知道原因，但我恨你们……"？她把相框带走了，而那些旧照片的影子也一起被带走了。因为一系列事件的发生将我们带来这里，面对着这扇紧闭的门，将我们的回忆一一打开，让我们想起一些在那时候被忽略掉的东西。物品也拥有记忆的可能性。在那时候我们从未谈过这个问题，而现在却不一样了。现在我们没别的选择。芭布萝把相框带去了她的新家，而妈妈的影子也跟着相框一起去了。诗一般的正义，或者说是历史性的正义。有时候，两者几乎没有区别。我们知道许多关于妈妈的事，同时对她又知之甚少。我们知道的都是我们的父亲在我们还称他为爸爸的时候告诉我们的事，我们也知道那些照片确切的拍摄地点和时间。我们还知道——这是因为我们仨的其中一人常对另外两人复述——她喜欢在我们睡觉前给我们讲故事，她是多么亲切，多么快乐，所有人都很喜欢她。她去世的时候，我们三人才五岁、四岁和刚满两岁。但其中最年长的那人喜欢对另外两人吹嘘童年的细节，自豪地回忆起我们出生的屋子，尤其是许许多多关于妈妈的轶事——有趣的是，这些轶事随着时间的流逝渐渐被放大。她不断增长的好记性，或是我们幼年时的欲望和想象力，造成了这样的结果。对我们仨而言，"妈妈"是我们一生中遇见过的最美好的事物。那即是她的地位，牢不可摧。既不戏剧化，也不悲惨。像一个给予我们安全感的砝码，一只让我们即使在那种情况下——在我们发现照片被遗弃在书柜上的那一刻——也能保持平衡的铁锚。那个行为毫无尊重可言。正因如此，芭布萝的挑衅将不会得到回应，只会有蔑视。而在那些被遗弃的照片旁，还有另一个相似的画面，只不过含义不同。在那里——尽管只持续了很短一段时间——躺着一部我们毫无兴趣的电影的废弃胶片。连续剧的主角是一个来自冰川的女人和一个被她迷惑的男人。剩下的剧情不重要，只要看第一集就够了。于是，我们收起那些照片，把它们带回家，装进能找到的最好的相框里，恢复它们的尊严。而其他的事，那对主角的后续故事，都不会让我们失眠了。那是一个决定，一个防守策略，一个坚定的誓言。我们相互击掌，签署了协定，永远团结在一起。如同三个火枪手、东方三王、东镇女巫……在那个夜晚，我们仨睡了个好觉。

没有了"爸比"与"亲爱的"的公寓恢复了一些从前的氛围。在共同的敌人消失以后，这个家和总指挥部的结合体很快便恢复了名字和生气。我们弃用了冰冷的"我们"，重新成为了贝尔、露丝和玛尔。与此同时，我们又开始争吵，为任何小事而产生分歧和矛盾。像"冰雪女王"走上舞台之前那样。像我们的父亲在变成妈妈讲述的童话故事中令人悲哀的配角之前那样——由于我们三人中的年长者非凡的努力，我们至今依然能一字不差地复述出那些故事。灰姑娘、糖果屋、白雪公主……只不过现在对我们而言，它们不再是故事，而是对人类行为的精妙摘要。随着时间的流逝，我们渐渐也就习惯了。那些事得靠时间：从荒谬到习以为常的转变。我们的父亲时不时打电话给我们，每次必定会叫我们过去和他们住几天。然而，也许是因为他们从未建起承诺过的小屋，也许是因为他们并不是真的想邀请我们过去，我们只看过那屋子的照片。他们在还没买下屋子时给我们看过的照片，以及在装修结束后寄给我们的照片。我们觉得那屋子很普通，合情合理，恰到好处。此外，尽管在一开始的时候我们感到意外，但后来我们就习惯了每次打电话给我们的父亲都得先通过芭布萝这道不可避免的海关，也习惯了他过去最亲密的朋友们抱怨他如今完全销声匿迹了。他被劫持了？被绑架了？他们问道。

让我们长话短说吧。时间流逝，我们此刻谈到的那段日子并没什么特别之处。那几年风平浪静。唯一的波澜是姐妹间的争吵，而距离则抹去了其他一些重要问题。我们接受了这个事实。出于惰性，也因为我们别无选择。这个世界满是类似的情况，甚至比我们的情况更糟。我们没什么好抱怨的。芭布萝一定——以她的方式——爱着我们的父亲。那种方式从一开始就废止了其他任何关系，包括他曾经的好朋友，包括他的三个女儿。一种充满占有性的、排他的爱。我们对她了解不多，不太了解她在成为我们生活的一部分之前的生活是什么样的，但父亲很久以前在如今已不存在的一间办公室里说出的话为我们披露了一些信息。"她在此之前从来没拥有过一个真正的家庭……"那也许可以作为一种解释。她从没有过家庭，也不想拥有家庭。而且，她竭尽全力地憎恶她从未拥有过的东西。在征服了我们的父亲后，她决定消灭我们，一点儿一点儿地消灭我们，直到我们只偶尔通过电话联系，打电话的频率越来越低，也越来越三心二意。自从他们住到乡下以后，我们甚至没有一起庆祝过圣诞节。他们总说要去"北方"过节。每一年，在同一个时间，但那不过是半个事实罢了。不需要搭乘飞机，也不需要在结冰的公路驾驶几千公里。从很久以前起，"北方"就成了我们的敌人，并在那里安营扎寨。在芭布萝体内，与芭布萝同居。我们在圣诞节想象一间点满蜡烛的屋子，印着驯鹿和雪橇图案的桌布，众多的宾客正在品尝鲱鱼、三文鱼、芥末烤火腿、香料热红酒、藏红花面包……而我们的父亲在角落里微笑着，喝了太多杜松子酒，像主人翁一样确保一切都按计划进行，即使他连一个词也听不懂。我们想象着，他也会想起——尽管只是在一瞬间——从前那些越来越遥远的圣诞节，以及他的女儿们。

不。尽管发生了这一切，我们却无法对他产生憎恶，不可能。我们永远爱他，在七年前某个悲伤的日子，当他病危住进医院时，我们几乎寸步不离他的病床。他仿佛想要对我们说什么似的；他挣扎着想要俘获试图说出的话；睁大眼睛看着我们，仿若想要警告我们，披露一个秘密，告诉我们一件至关重要的事……但我们并未自欺欺人。所有临死的人都是这样。或者是我们——他深爱的人——在试图给那些含糊不清的话赋予事实上根本不存在的重要性。他感到自己正濒临死亡，这是唯一的事实。他需要向我们表达他的爱。"贝尔……露丝……玛尔……"他一遍遍地重复我们的名字，微笑着握住我们的手。相反，他却惊讶地看着芭布萝。当芭布萝某次离开房间，他还能说话时，他睁大眼睛带着孩子般的表情问道："她是谁？她想要干什么？为什么她一直叫我爸比？"

76

工作人员拿着名单走了进来。

"不好意思，我们弄错了，把你们提前叫来了。不过我们很快就会叫你们进去。真是抱歉。最近……"

然后她像进来时那般带着微笑离开了。

"没关系。"当她消失在走廊尽头时，我们中的其一说道。

的确是这样的。我们没关系。此刻我们一点儿也不着急。恰恰相反。我们需要整理回忆，弄清一些事情。但是……我们刚说到哪儿了？我们没费什么功夫就找回了线索。我们说到在医院，在床头，回忆那些同时失去又找回父亲的日子。那些日子充满了矛盾的情绪。也是在那些日子，我们决定不计前嫌，给予芭布萝所需要的一切帮助。他选择了她，没人逼他。而她，按照自己的方式关爱他。然而，有一个指责被我们埋在心底。为什么她拖到这么晚，直到无法挽救时才通知我们？我们仨没人问她。问也没用了。

芭布萝带着我们的父亲的骨灰盒回到了乡下。她将把它们撒在花园，她对我们说，撒在他精心呵护的蔷薇的土壤里。她谈到嫁接、修枝、与蚜虫和甲虫的大作战以及对花园无微不至的照看——我们从不曾相信她能做到后者……但她没邀请我们去参加仪式。或许她认为把骨灰撒在土地里并不是一场真正的仪式。事实是，她哭了。她止不住地哭泣。她的眼泪在记忆中变成了冰柱，尽管考虑到当时的情绪，我们在那时也许的确觉得她是真诚的。我们不知道究竟是我们在那时候搞混了，还是在此刻弄错了。我们耸了耸肩。我们都是人。我们很难做到完全客观，很难在回忆过去的场景时不受到后来发生的事情的影响，但我们尽力了。我们努力做到客观。让我们回到那个场景：芭布萝手捧着骨灰盒，满眼泪水。再去到几周后，心平气和的芭布萝盘着严肃的发髻。再去到我们前往公证处的那天。再去到那些持续了好几个月的各种手续……我们从未如此频繁地见面，对父亲的回忆奇迹般地锉平了我们之间的过节。我们最大限度地真诚相待，甚至还有一点亲热。

"给我几个月的时间，"她在告别时说道，"等我整理好你们父亲的文件时，我会通知你们的。"

让我们高兴的是，至少在这个情形下，她不再称他为"爸比"，而且她主动提出整理文件，把与我们相关的文件交给我们。我们想到——真是讽刺啊！——我们的父亲用他的死亡为我们带来了他生前不曾有过的平静……尽管我们再一次地错了。芭布萝消失了，完全像神秘小说里的情节那样。她人间蒸发了，没留下任何痕迹，隐身起来。她从没打过电话，也不接电话，不回信。然而，此刻我们不再愤怒，而是感到厌倦。我们要陪她玩儿到什么时候？

我们抽签，我们作弊，我们最终表明了心迹。我们没人愿意去那个村子，去寻找那个从未被邀请前往的屋子，去敲门，去单独对付"冰一般的双眼"。于是，我们再一次决定三个人一起前往，给她一个惊喜。我们再次成为了三个火枪手、东方三王、东镇女巫……一路上我们一直罗列着三个人的团队。潘筹三重唱 ①、三只伤心的老虎 ②、三大男高音 ③……我们也在路上想象她沉默的原因，但没有任何一个——除了死亡——能为她让人不解的态度辩解开脱。我们不知道屋子与村庄的距离，也不知道芭布萝是否与邻居关系良好，抑或她是否住在远离村庄的地方，离群索居。邮政地址上只有路名。那让我们看不到希望。我们高声细数。距离我们第一次打电话没人接已经过去六个月了。距离我们第一次写信给她已经过去五个月了……最好不要提早妄下判断。时机还没到。

我们不需要寻找那栋屋子。在进入村庄前，它突然就出现了，与照片里的屋子一模一样。我们把车停在马路的一侧，带着疑惑走向屋子。目标距离我们不过五十米，然而，在我们靠近它的同时，一种类似恐惧的东西让我们后退，寻找理由回到车里，远离这个地方。去找警察不应该是更明智的做法吗？或者去村子里问问？但我们已经快走到花园的栅栏了。看一看也没什么，我们对自己说道。就在那一刻，我们听见让人安心的耙地声，接着是几块石头

---

① Los Panchos，1940 年代成立的拉美三重唱乐队。
② Los Tristes Tigres，1971 年成立的委内瑞拉三人乐队。
③ 指三位歌剧男高音歌唱家普拉西多·多明哥、何塞·卡拉雷斯和卢奇亚诺·帕瓦罗蒂。

落地的声响。我们跑到栅栏边，从粗条的缝隙间往里看。我们难以置信地揉了揉眼睛。那不可能。我们三个人怎么可能看见同样的东西？

他在那里，在花园深处，拿着一把耙在忙碌，把碎石头堆在独轮车里。他戴着我们很多年前送他的旧毡帽，皮夹克是在他开始注意穿着打扮、明显年轻很多的那段时间买的。他在那里，斜着身子站在满是碎石的土地上，全身心地投入到工作中。在某一刻，他从衣兜里拿出一块手帕，擦了擦脸。在那个阴暗的时刻，手帕将过去我们相信的一切都擦掉了，我们的生活和他的生活。但那个时刻更是永恒的，任何谬误在那一刻都可能变得真实可信。我们进入了时光的黑洞吗？我们看见的是真实发生的吗？还是仅仅是回忆或过去生活的延伸？除非是一场游戏，一个玩笑，一个恶作剧。总之，是一个骗局。是谁想出来让这个幽灵现身的点子？出于什么目的？突然，他仿佛感到后背的目光，把手帕装进衣兜，转向栅栏，惊讶地看着我们。直到那一刻我们才意识到，那是一个陌生人。

他步伐坚定却目光疑惑地走向我们。他的体形与我们的父亲相仿，并穿着他的衣服。但他们的相似之处到此为止。那是一个乡下人，皮肤黝黑，脸上刻着阳光和风的痕迹，一个一直带着怀疑盯着我们的人。也许这要归咎于在栅栏边的我们形成的画面。三个年轻女人，抓着栅栏，沉默地注视着他。我们赶在他开口说话前问他认不认识芭布萝。

"那个外国女人……？她已经不住在这儿了。"

我们做了自我介绍。他耸了耸肩。他并不知道我们的父亲的存在，因此也就不知道他的过世。而那个女人他也只见过一次。在她离开屋子的那天，他帮助她把许许多多的行李箱放进车里。我们继续追问。他再次耸了耸肩。他对新房东知道得就更少了。他只知道他们也是外国人，并通过房屋中介雇用他尽最大努力清理那个糟透了的花园。那个女人出售屋子、新房东购买屋子时委托的是同一间中介。而那就是他正在做的事：清理乱石头，把花园打理好。好了，他能告诉我们的就只有那么多了……

我们根本都不需要与彼此交换眼神。

"你的夹克是从哪儿来的？"我们其中之一指着夹克问道。

那是一个具有决定性的发问，一发准确的射击，一个像炸弹般发出回响的问题。他看着我们仨，看向一人，接着再看向另一人。他的目光不再带有怀疑，而是充满了不安与羞愧。

"是那个女人送给我的。"他终于做出了回答。

但他看起来不太确定。

"是这样的，她叫我把屋子里剩下的东西都扔掉……"

我们依然沉默着。

"文件、箱子、旧衣服、没用的东西……"

他把栅栏打开，指向一栋小小的木头建筑。那个著名的小屋……？

"我什么都还没扔掉……"

一个小时后，我们离开了那座我们再不会回去的花园。一座满是石头和野草、土地因为干涸而裂缝的花园，一座播种谎言的花园。那里绝不可能长出过哪怕是一株蔷薇。

我们再一次迷失在细节里。没办法。也许我们应该从结局开始，不要绕弯子，直接进入主题。但我们很久没见了，也许正因如此，我们想要回忆事情发生的顺序，把每件事都与其相应的角色对应。比如说，偶然性。是偶然性促使我们正好在那一刻出现在小屋。同样也是偶然性为园丁穿上我们父亲的夹克，并戴上他的旧帽子。总之，是偶然性让我们正好在那一天出现在那个地方，在一个穿着我们父亲的衣服的男人正在清理花园的时候，在那些"没用的东西"还没被扔进垃圾桶的时候。

而奇怪的是，我们仨在回忆起那个陌生人时都带着一种近似于同情的感情。我们觉得他像一个被借来的角色，来自另一则故事的角色。是宿命派他来消除我们的疑惑，简化手续，为这个持续了太久的噩梦画上句号。"东西就是那些……你们看着办吧。"因为"那些"正是那里所有的东西。文件、盒子、旧衣服……对除我们以外的人而言这些东西可能确实没用。被遗忘的相册、装着信件的文件夹、

82

某一天我们也许需要的文件，而在"文件"里出乎意料地躺着一张坟墓所有权证……是妈妈和祖父母的，家庭的坟墓。又是一场羞辱，它让我们想起很久前相框被取走后留下的凌乱堆放在书柜上的照片。然而，我们仨谁也无法自问：她为什么不通知我们？通知我们又有多难呢？我们也不会来核实她曾描述的——唯一的版本——玫瑰园以及我们的父亲对花园的精心呵护。"大骗子！"是我们对她最后的评价。也是唯一的。我们突然停下。没人说她"有病"，更不会说她是"疯子"。人们怜悯病人，人们最终也会原谅疯子。但我们一点儿也不怜悯她，要我们原谅她更是异想天开。忘记她倒是可以，越早越好，不管她去了哪儿。无休止地旅行也好，回到她老家也罢，或者去了其他国家继续祸害他人……我们把她封死在黑暗里，完全的沉默中，就当她死了，被埋葬了。而且我们做到了。我们在过去六年半做到了。那些年发生了不少事，恋爱、婚礼、分居、离婚和更多的婚礼。那些年，我们中的一人搬去了另一座城市，另一人则搬去了另一个国家。那些年，我们从没想起过那些阴谋和冲突，更从没试图去揭露那些阴暗行为的缘由。直到今天早上，在许多年后我们又再次聚在一起共度圣诞节的早上，耳边重新响起她的名字。一阵轰鸣。芭布萝，在最让我们意外的时刻，重新显示出生命的迹象，或者更确切地说，是死亡的迹象。

我们不太了解这种事的流程。是一打开门就会看见躺在床上的被床单遮住的尸体呢，还是我们得走进一间拥有许多标识着字母或数字的盒子的房间？我们在电影里看过。工作人员拉开巨大的抽屉，而家人或朋友则需要点头或摇头。有的时候，他们也会发出尖叫或昏倒过去。如果可以选择的话，我们更偏向于让工作人员把尸体带到我们面前来——尽管"更偏向于"一词在这里显得格格不入。我们没什么偏好。但就前面提到的两种情形而言，后一种更糟糕。一间完美分类标识的死者档案室，让人战栗的寒冷，即使在电影里，那种寒冷也能穿过屏幕，冻僵观众。

我们也不了解到底发生了什么。也许他们会告诉我们；也许不会。我们手上唯一的信息是有一具也许是芭布萝的尸体，我们需要做两件事：确认是她，或者确认不是她。既然需要我们来确认，也就是说他们并不确定，我们这样想到。不确定是她，也不确定不是她。事实上，今天早上，他们在电话里说得并不清楚。多起并发的事故，文件的混淆，以及请求我们必须在今天下午来到这里。他们没说"停尸房"，只提到"法医研究所"。电话来得出人意料，于是我们都没来得及做出反应，问一些此刻我们很好奇的问题。首先，他们是如何这么快地联系到我们的？其次，常规的尸体确认是怎么样一个流程？我们仨可以一直待在一起吗？还是我们必须分开？这些细节也许一点儿也不重要。我们此刻在这里。这才是唯一重要的。我们是因为她才来到这里的，因为芭布萝。那个被我们天真地埋葬在记忆里

84

的女人。

　　然而，如我们看到的，记忆并不是一座安全系数很高的坟墓。仅仅提到她的名字，那些被埋葬的画面就一一从藏匿之地生龙活虎地溜了出来。而我们也再一次感到气恼、愤慨、无能为力……那是些我们以为早已忘记了的情绪，而此刻我们终于了解到那些情绪的缘由。芭布萝并没对我们犯下任何违反法律的罪。但她却嘲弄了我们最爱的人，侵略了我们的领地，偷走了我们最美好的回忆，愚弄了我们尊重的一切，最后还用蔑视来补偿我们。而此刻她——死性不改——又在最出乎意料的时刻出现，下定决心不放过我们，连最后一次都不放过，她的尸体。

　　在这个四面墙围起来的房间里，"尸体"这个词听起来有点奇怪。奇怪是因为它很耳熟。这里除了尸体，没别的东西。没有生命也没有故事的身体，等待着被工作人员从多层抽屉里拉出来，展示给到访的人，如果运气好，也许就能重新获得失去的个性。可怕的时刻还没到来。那个曾被我们的父亲称作"亲爱的"的女人遗留给我们的礼物。她最后的心愿。在死后还能折磨我们的愉悦……突然间，我们三人目光交汇，瞳孔放出光芒，接着我们沉默不语，只独自微笑。这场景似曾相识。那道光芒是我们的老朋友了。它第一次出现是在很久以前，我们坐在街角的酒吧相互诉苦抱怨并理清思路的时候。而此刻，与那时候一样，与我们终于因住宅权被侵犯而拍案而起的时候一样，那道光芒在向我们暗示："危险！快打消掉这个念头！忘了它！"但我们的速度太快了。我们不用交谈就能知道对方在想什么。我们不需要言语就知道芭布萝（无论等待着我们的那具尸体是否属于她）这一次绝对不可能得逞。而且我们也不会因此而感到半点不快。事到如今，一切是多么简单啊！太让人欣慰了！在一个小时前进入这个房间时，我们一定就已经知道了这一点。我们在不自知的情况下就知道了。这种情况经常发生。于是，我们一到这里，就开始回忆过去——或者更准确地说，过去的某些场景进入我们的脑海，为我们指明道路。道路就在这里，清晰且明确。其他的对我们而言都无足轻重。没人认领的尸体会被如何处理？会被送去公墓吗？还是说公墓已经成为了历史，像许多其他国家一样，会为她举行贫民葬礼？一座没有铭文的坟墓？一座简朴的墓穴，墓碑清冷沉默，位于——"南方"——某个阳光灿烂的墓地？

在之前我们已经说过了，我们不太了解这种事的流程，我们也对此不太在意。事实上，此刻的我们并非想着妈妈，想着她甜蜜的回忆，想着过去希望得到道歉和公正的念头；我们也没在想我们的父亲。我们只想着我们自己。也想着她。我们第一次和她如此相像。谁会想到？她，从法律角度来说没有犯下过任何罪行。而我们，没人能证明我们撒了谎。因为我们不会撒谎。根本不需要篡改任何事实。当我们被问及是否认识躺在床上的尸体时，我们会说："不。"

完完全全是真话。是我们三人中的哪一个在那个夏天发现了那门被我们很快娴熟掌握的能力已经不重要了。我们再一次地身在曹营心在汉。看而不见。此刻，当那扇写着"禁止入内"的门终于打开时，我们站起身来，一句话也没说。但我们眼神呆滞，脑海里不停重复道："死猫，死猫，死猫……"

新生活

　　她决定开始新生活。她不得不开始新生活。当她走进这间她托巴塞罗那的旅行社随意选订的小小的公寓酒店，立即感到这是个让她停止追问自己"怎么开始?""从哪儿开始?""开始新生活的方式是什么?"的理想之地。房间宽敞明亮。美式厨房，大床，设施完备的浴室，沙发，扶手椅，紧靠着墙壁的梳妆台，以及一面朝向格兰大道的大窗户。事实上，她通常入住的酒店——那间位于普拉多大道的历史悠久的酒店——没有空房对她来说其实是件好事。其他几间酒店——那些每当她的御用酒店的前台在电话里说"对不起，客房都订满了"的时候她会选择入住的酒店——也都订满了。初春的马德里一定在举行什么大活动，但没人跟她解释其中的原因。一场会议，博览会，或是规模空前的论坛。此刻，她靠在窗边，躲在深色墨镜后面，入迷地看着热闹的街道，仿佛在观看一部大制作的默片。成千上万的群众演员，缤纷鲜艳的色彩，开始! 其中一些龙套演员想要抢风头，吸引观众的注意力。她看见一个穿着讲究的人在街道上横穿了四五次。那个男人究竟要去哪儿——假如他确实有目的地的话？她离开窗户，打开行李箱。两晚，只住两晚。然而，也许在别的情况下，她会在这里住得更久一些。一个星期，一个月……她打开电视机、音响和空调。在某个瞬间，她以为那就是她通常入住的那间酒店，并且找回了很久都未曾有过的感受。她渴望阅读和写作，渴望把紧靠着墙壁的梳妆台变成书桌，渴望烹饪，渴望把冰箱塞满，渴望看话剧、看电影……然而，最重要的是，渴望回来。在每个夜晚回到那个让人愉悦的房间，那个她哪怕是一个细节也不会更改的房间。那房间是她的。她曾经拥有过一间属于她的房间。

她看了看钥匙。404。她从一开始就很喜欢这个数字。四加四，等于八。无穷——她想到——即是一个平躺的八。孤立在中间的零——她自言自语道——原则上是没什么价值的，一点儿也不重要。也许并非如此。也许那并不是一个数字，而是一个字母。比如，可能是代表氧气的"O"。她深深呼吸，关掉电视机、音响和空调，思绪再次回到八，回到仍被她握在手中的钥匙。四加四，等于八。他离开已经快八个月了。日子被打乱的八个月。有时候，她觉得那段日子像永恒一样漫长，犹如平躺的八。有时候，又像一口一口被吐出的烟圈，不经意地在空气里飘浮。那就是她的八个月，永无终止，空虚乏味。

她来到街上。此刻她也加入到了电影之中，又一名群众演员，成千上万的群众演员之一。也许在那一刻，某个人也正在某扇双层玻璃窗后面、在某间酒店的隔音客房里观察着人群中的她。她希望那个观察者——无论是男是女——会突然间感到意外的轻松和快乐。和此刻的她一样。她沿着格兰大道往下走，再一次感叹自己多么幸运。那个房间，如此美好的一天，对工作和开始新生活的渴望……她刚走过一个街区，就在一个广场站住了脚。她惊讶于这个在她看来是广场的地方却被称作街道——矮花街。但那个早上与其他早上不一样。她下定决心要让那个早上与众不同。于是她在一个露台坐下，打开日程本，写下："矮花。"

　　她要了啤酒。决定以后再也不去住普拉多大道的那间酒店了。"矮花"完全可以作为新旅程的起点。新爱好，新习惯，也许就迫使她从那一刻开始新的生活。她看了一下日程本。晚上约了一个朋友一起吃晚饭，第二天需要去某个办公室办一些手续。然而，晚餐的念头突然让她备受折磨，而那些文件和手续不过是她给自己来马德里待两天、换换空气的借口罢了。她写下："取消晚餐，把文件邮寄过去。"她看了看前几天的笔记——格言、建议、乐观主义的召唤、行为准则——发现自己在狂怒之下将这些没用的东西划掉了，于是微笑起来。只有两句话逃脱了杀戮：一句坚定的口号——"活在当下！"——以及爱因斯坦哀悼朋友遗孀的话，"你丈夫比我早一点离开了这个世界。但对相信物理的我们来说，过去和现在都不存在。"她不记得他朋

90

友的名字，也不记得其遗孀的名字，然而却记得多少次带着惊愕重读那句话，仿佛那句话是专门为她而写的。过去、现在……过去当然存在过！唯一的问题恰恰在于它是过去，尽管有时候它穿上了现在的伪装。声音、笑声和整句整句的话语常常让她在电影院或在街上充满希望地回头，抑或让从梦中惊醒的她感到不安和焦虑。然而此刻……她叫来服务员，匆忙地付了啤酒的钱，也没等对方找钱。发生了什么？

她刚刚看见了他，看见了他。那个差不多已经离开这世界八个月的男人，那个她与之生活了一辈子的男人……他穿着一件焦黄色的旧西装——那件焦黄色的灯芯绒西装！——漫不经心地穿过矮花街的广场。她小心翼翼地跟着他。她没有自欺欺人。即使两者令人惊骇地相似，她也知道那只不过是一场幻觉。然而她下定了决心让那个早上与其他日子不一样。她从一开始就感觉到了；当她走进404房间，立即感到那是她的房间。在那个特殊的早上，他，此刻正沿着格兰大道往下走，而她，则像一个影子，保持着安全距离，跟随他的脚步。几秒钟后，他在报亭停了下来。她见他拿出几枚硬币，接过一盒香烟，然后继续往前走。不，她对自己说道，不可能。他很多年前就戒了烟。尽管"过去和现在都不存在……"，她想起这句话，也是在那一刻，她终于明白了自己为什么会在某天把这句如此让人震撼的话记了下来，并一而再再而三地想起它。也许，在新生活中，她唯一做的事不过是跟踪任何一个看起来像他的人罢了……她没时间来同情自己、倒回去，甚至没时间意识到自己的行为有多么荒唐。他——不管他究竟是谁——仿佛感受到后颈上灼热的目光，突然转过头，于是她只能躲进路边的弄堂里。她动作很快，没被发现。但看门人惊讶的面孔告诉她自己的行为荒谬可笑。不是吗？她告诉自己事实并非如此。跟踪心爱的人有什么不妥吗？一个男人违背自然规律地出现在马德里阳光明媚的早上，欣然地将他自身的过去否定。

她回到街道上，在短短几分钟时间内第二次感到自己正参与一场电影的演出。唯一不同的是此刻她不再是一名群众演员，不再是一个被雇来凑人数的女人。她的脚步罕见地轻快，并且带有目的性。旧西装一直在她的视线中，她保持着一定的距离。在某一瞬间，她感觉到周围的人们都知道她在做什么，以及她的目标。正因如此，人们都看着她，聚在她的周围，为她加油打气……然而，他们真的是为她加油打气？她已经不年轻了，早就迈过了那道岁月的门槛，成了"隐形人"，可以随意行动而不引人注目。而此刻，在她最需要低调和匿名的时候，却成为了评论、观察、违心的恭维话、厚颜无耻的提议……的靶心。那个早上在格兰大道上发生了什么？她还没来得及回答，突然间，他迈起了大步，于是她不得不小跑起来。她不再在乎人们的目光，也不为某个开玩笑挡住她的去路的傻瓜所动。她不能跟丢了。他的大步伐……那正是他走路的方式：迈着大步伐。此刻，他突然停了下来。他常常这样做。当他想起某件急事的时候，他会突然停下来。她喘了口气，站在一间香水店的橱窗前。就几秒钟，她心想。直到他再次走起来，她就能继续跟着他而不被发现。然而，她从一面镜子里看见了自己的模样，并站住了脚，目瞪口呆，神魂颠倒。

因为那是她。谁知道是多少年前，但那是她。她穿着短裙，头发披着，长发。一头发亮的暗褐色头发。她看起来很漂亮，非常漂亮。但她曾经那么漂亮过吗？她希望自己是在梦里，在别人的梦里。心爱的男人——无论他在哪儿——正在梦着她，而此刻她正从他的眼睛里看着她自己。在他们刚认识的时候，她在他的眼里应该就是那副模样。在那个遥远的过去，一切仿佛都有可能。她吸了一口气，感觉自己曾经历过那一刻的场景。橱窗，镜子，她少女时代的模样，格兰大道阳光明媚的早上……海市蜃楼。也许只是一个光学现象罢了。阳光，她的映像，是镜子耍的花招，橱窗里的物品和海报与她的影像混在一起……

"你跑哪儿去了？"她突然听见有人问。

她用手寻找支撑物，避免倒下。他在那儿。很高，很瘦……像他们刚认识时那么年轻。此刻她深信不疑这就是他。那个穿着焦黄色西装的男孩站在那儿，在她身后，把手放在了她的肩上。

"走吧，我们要迟到了。你忘了我们约了特特吗？"

他揽过她的腰，而她则任他摆布。特特·波奇。特特·波奇已经去世多年了。特特是朋友里面第一个消失、第一个离开这世界的人。然而，这一切似乎都从未发生过。特特还活着，他还没去往那个一去不复返的地方，而她则还是个穿着迷你超短裙、披着长发的女孩。她深呼吸，再一次担心自己会昏倒过去。她咬了咬嘴唇，直到嘴唇出血。那不是一个梦。那是正在发生的事。渐渐地，她认出了街道、商场、酒吧。他们走进其中一间，她竟觉得非常熟悉。她认得那个地方，她在某段时期经常去那里，尽管此刻她想不起名字来了。她再次在一面有污渍的镜子里看见了自己的模样。她依然漂亮。在她身旁是他，非常年轻，穿着那件他从不愿脱下来的、她至今依旧保存在衣柜里（她也不知道为什么）的很好看的灯芯绒西装。

"特特借到了一辆车。我们可以去塞哥维亚玩儿一天……"

"太好了。"

他有些担忧地看着她。

"你怎么了？一整个早上都一言不发。"

她摇了摇头。

"你走得那么快……"

特特还没到。这样最好。她需要时间来消化正在发生的事。他从包里拿出一本书来。

"我昨天在一间旧书店看到的。是个宝贝。"

她看了看封面。埃斯库罗斯的《奥瑞斯提亚》。她傻乎乎地为自己没戴眼镜也能看见书名而感到惊讶。在那个时候，她还没近视，又或者她已经近视了，只不过一下子认出了那本书。那本书也还在家里。在书房的柜子上——书房里的东西她一件都不敢动。虽然他早已不在了。

"三语的版本，"他继续自豪地说，"古希腊语，现代希腊语和英语。"

"噢。"

他拉起她的手。

"一定发生了什么事……还是说你在担心考试？"

考试？什么考试？

"你一定能及格啦，不要担心。"

突然间，她记起来了。特特，一辆破旧的老车，三个人去塞哥维亚，新闻学考试……他们是因为这个原因去了马德里。她得参加新闻学的考试，他陪她一起去。从他们在巴塞罗那的法律系相识的那天起，他们无论去哪儿都一起行动。但他们从没成为男女朋友。他们不喜欢"男女朋友"那个词。他们憎恶那个词。他们是朋友，他们是这样说的，大写的朋友。没有人因为他们的友情在多年后变成一场婚礼而惊讶，尽管他们也不喜欢"婚姻"一词，更不要说"丈夫"或"妻子"了。听起来太庄重，太庸俗。在那个时期，那个属于特特、属于马德里的出游、属于新闻学考试的时期，如果有人问到他们的关系，他们会回答说：朋友。

"我去一下洗手间。"她说道，摸了摸他的脸颊。

脸颊……天呐！他脸颊的温度！她怕自己会忍不住哭起来，怕自己太过激动，怕自己说出什么不该说的话而破坏掉这一场奇妙的重逢。她站起身来，补充道："我马上回来。"她根本不需要询问，也不需要停下来查看指示箭头（"卫生间"，"电话"），因为就在刚刚，她已经认出了这个地方，仿佛在前一天刚来过似的。她走下两级台阶，转身看向桌子。特特来了。在那个时期，人们以拥抱的方式打招呼。她和特特相互拥抱。这时候的她是真的哭了。幸福的眼泪，早已被遗忘掉的幸福的眼泪。她眼睛里掉进了一根睫毛，只能摸索着下楼梯。她走进洗手间，用水溅湿了脸。她需要保持清醒，并且恢复仪态。假装出不担忧、快乐的样子。想着前方还有一辈子在等着他们……如果他们因她的样子而惊讶，或者猜到她哭过，她只需要对他们说："该死的睫毛膏。我真不知道为什么要化妆。"事实上就是那样，她突然记起了全部细节，每一字，每一句。"该死的睫毛膏。我真不知道为什么要化妆……"她也清晰地记起，在那个奇迹般重现的早晨，她的眼睛难受了好一阵，他们一起去药店，买了眼药水（Mirazul 牌还是 Visadrón 牌的？），坐上借来的车，在整个旅程一直唱着歌——在那个年代，去塞哥维亚的确算得上一场旅行——战争歌曲、颂歌、被禁的诗歌……同样被禁止的还有那时候二十岁的她，与特特和他像小鸟般自由地、无忧无虑地、兴高采烈地开着车，而她在巴塞罗那的父母却以为她正在参加考试或复习。那个没有手机的年代是多么幸福啊！她拿毛巾擦干了脸（那时候卷筒卫生纸还未侵占卫生间），两级一步地走上楼梯。她准备好了。记熟了剧本，她很幸福，世界上最幸福的女孩。尽管她依然流着黑色的眼泪，并且在某一瞬间，当她揉搓眼睛时，只看见一大朵乌云。该死的睫毛膏！

在某一瞬间，她以为自己搞错了。也许酒吧有另一个厅，或者卫生间是两间酒吧公用的。然而那里只有一个楼梯和一个乏味的酒吧，酒吧有一个巨大的吧台，几位客人，以及随意堆积在一角的十几张桌子。她小声问一位服务员："那两个男孩……刚才还在这里的两个男孩……"那个男人不太明白地耸了耸肩。她靠在墙上。他们跑哪儿去了？他们怎么能把她给忘了呢？一位年轻女孩起身把座位让给她。"女士，您还好吗？"她摇了摇头。"她好像有点犯糊涂，"服务员说道，"她刚才走进来……然后直接去了洗手间。"女孩再一次温柔地对她说话，提高了嗓门并且放慢语速，仿佛她是个语言不灵光的外国人似的："您知道自己住哪儿吗？需要我们叫一辆出租车吗？"她没有回答。她打开包，拿出一面小镜子，对着镜子照了几秒钟。她一点儿也不惊讶。在远处，她听见人们好奇询问发生了什么的嗡嗡声，女孩索要餐巾纸和冰块的声音，以及她安抚好奇者的声音。

"没什么……这位女士她不太舒服。"

她回到酒店，那间当天早上她非常喜欢的公寓酒店。"过去，现在，"她想起来了，"没有过去，没有现在……"今天，"现在"溜进了"过去"。或者相反，"过去"的片段在"现在"浮出水面……她打开行李箱。他们，在这个时刻，应该已经启程前往塞哥维亚了。她再次提出同一个问题：他们怎么把她给忘了？然而，搭高铁可以追上他们，甚至比他们更早抵达目的地。"现在"的时间与"过去"的时间赛跑。机会还没有丧失殆尽，因为在此刻，她再一次清晰记起了所有细节：饭馆，随意畅饮的葡萄酒，寻找便宜的旅馆过夜。确切的名字和位置都不重要了，她将一间一间餐厅、酒馆、旅馆、客栈地找过去，直到找到他们。最好把行李箱寄存在酒店前台，不带行李，一秒钟也不浪费，搭出租车直接去查马丁火车站……一定追得上他们！她将再次回到很久以前那美妙的一天。特特，他和她……前方还有一辈子在等着他们。

钥匙从她手中滑落，那个数字在地面乱舞了几秒钟。她微笑起来。"八个月，氧气，四加四，无穷……"她弯下腰，捡起钥匙，忍不住想起之前脑子里晃过的念头，伴随着那个问题的失望和难过，"他们怎么把我给忘了？"然而，

98

她在扶着床边站起来的同时，也从心里感激时间旅行的奇迹：如果它——无论它是什么——真的发生过，那么也就有再次发生的可能性；爱因斯坦的话变成了一道咒语。"过去不存在，现在不存在。"她突然意识到自己把某个很重要的东西搞错了。他们并没把她给忘了。她怎么会生出那么蠢的念头？他们当然没忘记她！他们三人在一起。在公路上，坐在一辆借来的破车里，唱着歌，欢笑着。自由自在！那个许多许多年前的日子，那个突然重现的日子，还没有结束。她捏紧了钥匙，仿佛那是她的护身符。404，氧气，四加四等于八，无穷是一个平躺的八……她不自觉地张开手掌，钥匙再次滑落，在地板上跳起了舞。然而这一次她却听见嘲笑的声音。"新生活，新生活，新生活……"

她坐在梳妆台前，看着镜子。她哪儿也不去。过去的剧本早已写好，不允许加入任何即兴的成分。并且，不管爱因斯坦说什么，过去和现在都是势不两立的两个空间。她差点儿就干了件疯狂的事，整个早上都荒谬至极。直到此刻，她一闭上眼睛，还能看见他们，听见他们。歌声，汽车，公路……但当她睁开眼，她再次看见自己疲惫的面庞。那就是新生活带给她的东西。对时钟做手脚、将早已不属于她的时间据为己有对她而言毫无益处。在某一瞬间，她看见自己汗流浃背、疲惫不堪地终于找到了那间酒吧，看见三个好朋友在热闹地聊天，而自己小心谨慎地坐在靠近他们的一张桌边，观察他们，并且等待奇迹第二次发生。

然而此刻她确实感到自己滑稽可笑。感到自己是一个闯入者，一个小偷，一个真真正正扫兴的人。因为他们，他们仨，二十出头，正在享受青春，活在当下……而且还有更明显的一点：他们根本不需要她。不需要她，一个年过七旬的女人，站在镜子前，身体还时不时地感到不太舒服。

与"哇是—哇不"的日子

　　我从来都觉得崔斯坦舅舅和瓦莱莉娅舅妈很快乐，也很有趣，而且最重要的是，他们很年轻，非常年轻，尽管他们也许都五十岁或者快要五十岁了。他们完全不同于我们的父母，和父母的朋友也不一样。事实上，他们和任何人都不一样。正因如此，当那个夏天父母打算让我和弟弟去山里和他们度过整个八月时，我万分惊讶。父母一遍遍对我们强调说，在那里我们可以呼吸清新的空气，吃新鲜的鸡蛋，喝刚刚挤出来的羊奶。但我的惊讶并非来源于空气、羊奶或鸡蛋，而是因为他们，完全是因为他们。他们愚蠢、古怪、不负责，他们是"乐天派"。在家人通常用来描述他们的生活方式的词语中，"乐天派"是我最喜欢同时也最让我感兴趣的一个。我想象他们在私密的家里，在饭厅，在餐厅，在卧室，将衣服、床单和桌布抛向空中，任其落下，叫喊着"随它去吧！"——那句标志着他们"乐天派"本性的口号。浅口锅和平底锅就更好玩儿了。"随它去吧！"更别提在饭厅里，伴随着大喇叭留声机的音乐起舞，等待着在播完最后一首乐曲后将黑胶唱片抛向天花板，庆祝它的落下，带着快感，一边高喊着招牌口号一边践踏它。那句"随它去吧！"听起来有点像母亲常常谈起的弗兰克·卡普拉的电影《浮生若梦》。虽然那时我还没看过那部电影，却能对其中的情节倒背如流。现在回想起来，我感到很奇怪。我母亲那样一个热爱秩序和责任的人，竟会着迷于黑白片里那个不负责任、没有规矩的家庭。一个与崔斯坦舅舅——她的弟弟——以及瓦莱莉娅舅妈——她弟弟的妻子——一样的"乐天派"之家。这一点我没弄错。舅舅和舅妈生活得很自由。与他们的家相比，其他任何一个家看起来都像监狱或动物园。正因如此，从一开始我们就对这个决定非常满意。我们有点惊讶，但非常满意。更何况在那时候，我们对"哇是—哇不"还一点儿都不了解。

舅舅和舅妈没有小孩，因为他们不想要。家里人常常聊起这个话题。有些人说他们自私；另一些人（包括我母亲）说这样也好，毫无防备的小孩是无法适应他们的生活方式的。但关于他们的生活方式到底是什么样的，我自始至终从没弄清楚过。他们经常旅游，学习，阅读，写作，绘画……但那是坏事吗？没人正面回答我。那些被我质问的人通常耸耸肩，带着微笑摇摇头，运气好的话，他们会带着一丝优越感嘟囔几个词："艺术家""波希米亚""游手好闲""不负责任"，当然也绝对少不了"乐天派"。家里最喜欢批评他们的人是我父亲的妹妹，贝尔塔姑妈。贝尔塔姑妈自我感觉非常好，喜欢干涉别人的事，不接纳与她不同的生活方式，对任何反驳她的人宣战。我讨厌她，她也知道这一点。我讨厌她是有原因的。她把我亲自绘图并注解的《人种》剪贴本撕毁了。"这是疯子才会做的事，"那一天她对着完全慌乱了的我下了判决，"得找个医生给你看看。"贝尔塔姑妈就是那样。按她的标准，我们所有人都该被送去精神病院看看。但那是三年前的事儿了，至少三年前，那时候我只有十岁，即将要满十一岁。和现在一样，那也是个夏天，那个夏天我们在她海边的房子里度过了一段不开心的日子。但今天的我们非常开心，坐在支线汽车上，一路上感到奇怪的耳鸣，把脸贴在车窗上，观看透明的河水、松树林，以及只在明信片或杂志上见过的板岩屋顶的石头房子。在抵达最后一站的村落时，我们看见舅舅和舅妈坐在广场上的酒吧外面。他们跑过来，扶我们下车，帮我提着行李。我觉得在那一刻他们就以"哇是，哇是"对我们表示了欢迎。只是，那时候我和弟弟都太过开心，没有注意到他们说了什么。

　　就像之前听说的那样，空气里弥漫着粪肥、母鸡和山羊的味道。然而他们的家里就不一样了。一进门，我就看见弟弟像只猎犬一般伸着头前行，用鼻子嗅每一样物品。我没指责他，因为我也一样，只不过没他那么夸张。味道非常强烈，说不出是好闻还是不好闻，混合了油画、饼干、巧克力、葡萄酒、香水，或许还有教堂里那种熏香。后来我了解到调制香味是瓦莱莉娅的业余爱好之一，只不过有时候弄得好闻，有时候差一点儿。但在那一天，在对一切还无所知的情况下，最吸引我注意力的是厨房。厨房很大，堆满了导管和试管，仿佛某些电影里出现过的魔法实验室。我们很喜欢。我们俩都很喜欢。对我们而言那里的一切都很新奇，从我们的舅舅舅妈开始。那是我们第一次与他们单独相处，面对面地，不受家里其他人的监视，而漫长的夏天就是从那一刻开始，那个充满许诺和发现的夏天。我们俩住在同一间卧室，很大的卧室。在瓦莱莉娅准备床单和浴巾的时候，崔斯坦谨慎地问我：

"你父亲怎么样了？好些了吗？"

我摇了摇头。他不好，很糟糕，需要安静和休息。因此，饭厅变成了他的卧室，也正因如此，他们决定让我和小佩德罗到他们家来住一个月。

"为什么不去贝尔塔家？"

舅舅从不拐弯抹角。这一点我也很喜欢。他很坦诚，很直接。他也有些惊讶，与我和弟弟一样。我耸了耸肩。

"妈妈说这里有清新的空气，新鲜的鸡蛋，羊奶……"

崔斯坦哈哈大笑起来，这让他看起来更年轻了。也许正是出于这个原因，我决定将我与贝尔塔姑妈的分歧告诉他。更准确地说，是我对她的憎恶。因为我永远不会忘记那一天，在那个面对大海的屋子，在那个我不想去海滩而想留在花园里创造《人种》的早晨。我没想过那可能会是个坏主意。我很确定那不是个坏主意。于是我看着崔斯坦，

104

从头讲起。

我一个同学——我说道——有一个剪贴本，每周她都会往剪贴本里贴新的卡片。卡片是彩色的，展示着来自遥远地方的男人和女人，他们的耳朵上、鼻子上或嘴唇上戴着巨大的耳环。有黑人、棕色皮肤的人、黄种人，也有白人。有一些编着辫子，另一些披着长头发，少数的一些剃光了头，剃光了一小部分，或者完全剃光。在卡片的下面——有时候在旁边，有关于他们的习俗的注解。那些习俗和我们的很不一样，非常奇怪。我想要一套一模一样的卡片，但在村子的小商店既没有剪贴本，也没有卡片——至少没有那种卡片。于是我决定自己亲手做一套。我买来纸、硬纸板和彩色铅笔，开始制作我的独家收藏:《人种》。我把整个早上都献给了它。我发明了村庄、部落、名字和习俗，它们都像我同学的收藏那般奇怪。当我正全身心投入创作时，贝尔塔姑妈出现了。

崔斯坦兴致盎然地听我讲述，我继续说起贝尔塔姑妈在最开始的时候只是从我肩膀上方查看我在做什么。那只是最开始的时候。我在回忆的过程中越来越愤怒。然而此刻，在许多年后，当我再次回忆起那个场景，那时候的愤怒却转换为了感激。假如贝尔塔姑妈没有揉烂撕毁我的剪贴本，假如她没有提到医生和疯癫的游戏来斥责我，我也就不会将自己关于《人种》的收藏告诉崔斯坦了。而他，也许就永远都不会带我们进入他的秘密世界了。

"天生的人类学家啊。"他听完只说了那么一句话。

我注意到他声音里带有一丝自豪,试图弄清楚他所谓的"人类学家"到底指的是什么。我觉得自己知道,但并不确定。

"而且,"过了一会儿,他有些神秘地补充道,"你贝尔塔姑妈一定不喜欢这一点。"

那天晚上吃完饭后,瓦莱莉娅问小佩德罗想不想喝杯奶,出乎我意料的是,他竟然激动地答应了。但她并非像弟弟期待的那样去找一只羊来现场挤奶,而是打开冰箱,拿出一盒再普通不过的盒装牛奶——和我们家喝的差不多。接着,她丝毫没注意到弟弟失望的表情,只顾将她黑色的长发编成辫子,围上围裙,忘记了我们的存在,将粉末稀释在沙拉碗里,并在研钵里舂药草。与此同时,崔斯坦将餐桌腾出来,展开一幅巨大的地图,用食橱里随手摸到的东西压在地图的边缘:一个旧熨斗,一个破陶罐,一块石头和一个陶茶壶。我和弟弟迷茫地看着对方。我们应该跟他们说晚安然后去睡觉吗?我们可以再和他们待一会儿吗?此刻我意识到,眼前的情况不仅对我们来说是全新的,对他们来说也不太明朗。他们没什么与小孩或青少年共处的经验。也许,在他们看来,我们俩是一样的。九岁的小佩德罗,和即将满十四岁的我。然而,即使他们在最开始产生了疑惑的话,他们也很快就把问题解决了。除了每晚让弟弟喝牛奶这件事(我母亲一定对他们强调了这一点),

他们都对我们以"你"相称，平等对待，像成年人之间那样，也像朋友一样。在那之前，我们俩都不曾有过这样的待遇。

"好了……"崔斯坦在把地图压好了以后说道，"你们听说过'哇是—哇不'吗？"

我们摇了摇头。但我们明白，他是在邀请我们参加晚上的活动。

"一点儿也不奇怪。相反，假如你们作出肯定的答复，我都不大会相信。让我从头说起吧。先说说你们是谁，我是谁。我，你们都知道，我是你们的舅舅，是你们亲爱的母亲唯一的弟弟，是无与伦比的瓦莱莉娅的丈夫，"说到这儿时，瓦莱莉娅目光不离研钵地对我们点头示意，"是人类学家，还有其他许多与此不相干但也许你们听过的称谓：艺术家，游手好闲，波希米亚，不负责任，轻率愚蠢……"

"随它去吧！"小佩德罗兴奋地叫了起来，而我则恨不得找个地洞钻进去。

"对，还有这句。我怎么把它给忘了？佩德罗，谢谢你提醒我。我觉得我们可以这样称呼这个家。瓦莱莉娅，你觉得怎么样？'随它去吧'是个不错的名字……"

瓦莱莉娅微笑着表示赞同。她继续全身心地投入到舂研钵的事业中，仿佛世界上没有比它更重要的事了。她的节拍很有规律，甚至带着一丝乐感，好似在为崔斯坦的讲话伴奏。当崔斯坦停下来，她的音乐出乎意料地成了寂静中的主角。那声音让人愉悦。在我们沉溺于节拍的同时，厨房里开始散发出一股气味，属于大地、绿草、枝叶、雨后田野的气味，甚至还有某种我无法辨识的成分。那气味努力超越其他气味，脱颖而出，成为主角。

"继续我们刚才的话题，"崔斯坦又开始讲话，于是瓦莱莉娅的音乐退回到配角的位置，"既然我们是朋友，不是议会也不是法庭，我就省去开场白吧。但有一点你们必须得明白，尽管它并非强制性的，但已成为一种共识。那即是：在介绍一个论题之前，需要花几分钟的时间来驳斥其他人在那之前涉及过的与之相关的论题。"

他像看待同行那样看着我。仿佛他在我身上看到了一位未来的人类学家。于是，我带着听懂了的表情点了点头。我不能让他失望。

"我只想说，从原则上讲，任何关于'哇是—哇不'的假设性研究都不可信，包括那些所谓的用高倍镜头拍摄的照片，以及从远距离观察到的不可思议的村落景象。我们都明白，将欲望和现实混淆是再容易不过的一件事。"

他停了下来，瓦莱莉娅的节拍和湿土气味再次接管了厨房。崔斯坦的食指在地图上巨大的绿色区域游走。"亚马孙雨林，"他忧郁地喃喃道，"亚马孙雨林。"我的目光紧紧跟随着他，我已不在乎自己面露无知了，也不再假装明白他所说的一切。我聚精会神地看着展开在桌子上的辽阔的绿色区域。突然之间，地图上好像放了一把高精度的放大镜，让不同色调的绿都能看得一清二楚。橄榄绿、祖母绿、宝石绿、薄荷绿、酸橙绿……接着，我仿佛进入了一场梦境，又仿佛酣然入眠，崔斯坦的声音占据了我的大脑。那是厨房唯一存在的事物：他的声音。有力，且抑扬顿挫。

"欲望，现实……"他重复道，"将它们混淆是再容易不过的一件事。更何况是在热带雨林，在那个纬度，我们很容易被困倦、被高烧的睡意、被不安稳的睡眠折磨，分不清过去、现在和未来，觉得一切都很真实，以至于在我们醒来后通常要等到几小时甚至几天后才能认出自己，接受自己。"

"因为只要还没从梦里醒来，"他依然直直地盯着我的眼睛，"人们就有可能变成自己的父母或子女，或者变成诸如卡希沃-卡卡泰博人、亚诺玛米人、阿瓦人这样的土著人。同样，人们也可能会用皮拉罕人的语言说话、唱歌和吹口哨，或者更厉害的能够听懂并记住世界上最后一个帕卡华拉人临终前说的话。"崔斯坦停了下来，我也吸了一口气。在我的记忆里，自己从来没那么专注地倾听过一个人讲话。

"那是最珍贵的梦。一种特权。对我们任何一个人而言至高的荣誉。那个帕卡华拉人躺在席子上，动容地看着我们。他知道自己即将去世，没有什么能延长他的寿命，他也知道伴随他死亡的是他的语言的灭亡。他的语言最初被其他更强大的语言玷污，后来又因为村庄里再没有其他会这门语言的人能跟他对话而被遗忘，如今，关于他的语言，他只记得很少一部分了。然而，在那个悲伤的时刻，那个帕卡华拉人（假如是个男人的话）在弥留之际想起了他的父母和祖辈，想起了小时候听过的传说，他的第一张弓箭，在遥远的过去用矛捕捉的鱼儿的银色倒影。又或者，她（假如梦中的帕卡华拉人是个女人的话）想起在河里洗衣服，在碗里磨木薯时唱的歌儿，生孩子时的疼痛，消失的人们的名字，她还不是独自一人，还能使用那些词语的时光——那些词语在抛弃了她许多年后此刻又突然生机勃勃地出现在她的脑海。因为这就是发生在最后一个帕卡华拉人梦中的场景，无论那是个男人还是女人。遥远的回忆被记起，而近期的回忆却被抹去。他用手指着梦中的人，握住他的手，使出全身力气，说出临终前最后的话——他和聆听者都明白，那也将是他的语言在世界上最后的发声。"

在他讲述的同时，他所描绘的那些人逐渐出现在那片辽阔的绿色疆域。而且，我能感受到他们的感受，那是作为人类学家、冒险者或旅行家的情感，在那个时刻，感到自己是独一无二的。他根本没有听懂临终者说的话，不知道后者是在表达遗愿，阐述声明，抑或只是用庄重的语气胡言乱语了几句毫无意义的话。然而他却成为了一则无人能破译的信息的接收者，一个历史性的时刻唯一的主角。临终者说出那番话的声音将伴随他几天几夜（为了能够记

110

住，他不得不一遍遍地重复），直到另一位人类学家、冒险者或旅行家向他讲述自己所遇见的类似的经历。最后一个帕卡华拉人——无论他是男是女——的最后的话语。一门消失的语言的珍贵遗产，为了传给后代而牢牢记在心里的那神秘话语令人难忘的音调。而谜底就是在这里被解开的。第二位人类学家、冒险家或旅行家清楚记得的（并激动地准备向人讲述的）内容与第一位牢牢刻在脑子里的话语、声音和音调完全不同。

"在经过了那难堪的一刻后，"崔斯坦总结道，"两个人无需任何言语的交流，立即明白了。气候造成的困倦，欲望的实现，雨林的小把戏，梦境……"

小佩德罗的头突然垂到了桌子上，几乎就在同一时刻，被瓦莱莉娅拿来舂药草的玻璃研钵发生了破裂，摔到了地板上。也许研钵是先掉到了地上，再破裂成上千块碎片。一股强烈的气味占据了厨房。我识别出绿草、雨水、湿土、树叶的气味，同时我也识别出那股努力占据主导地位并最终如愿以偿的气味。此刻我明白了那是什么气味：死水、腐烂的水果、变质的食物……我以为在那一刻会发生什么可怕的事。也许崔斯坦会对他妻子大发雷霆，也许瓦莱莉娅会为闯下的祸而深深道歉。我傻乎乎地这样想到，想起每当小佩德罗在家里打翻水杯或把酱汤滴在桌布上所引起的暴乱。然而，舅舅舅妈的生活与我们的生活大不一样。崔斯坦看起来很高兴，甚至有些兴奋，而瓦莱莉娅则依然保持着微笑，蹲下身，小心翼翼地把玻璃碎片拣出来，将带有强烈气味的浆糊清理出来，放进试管里。

"今天你成功了！"崔斯坦说，"闭上眼睛，我能想象自己依然在那里……"

瓦莱莉娅抹了一点儿浆糊在太阳穴上，也抹了一点儿在手腕。她看起来神采奕奕。我弯下腰，包了一小块在餐巾纸里。

"太棒了！"崔斯坦感叹道。

回到房间后，我在笔记本上记下了几个名字，以免忘记了。亚诺玛米、阿瓦、帕卡华拉、哇是—哇不……我在"帕卡华拉"下面画了一道线（因为他们是今晚的主角），又在"哇是—哇不"旁边画了一个问号（因为关于这个词，我唯一所知道的即是没人知道关于它的任何信息）。小佩德罗很快就酣然入睡，从舅舅舅妈的卧室传来笑声和零星的话语，很快就变成了窃窃私语和呻吟。那时候的我已经看过许多电影，也足够年长，知道那是什么。我拿一块手帕塞住耳朵，在额头抹了一点儿包在餐巾纸里的浆糊。太难闻了。但我希望自己能像舅舅舅妈那样。我需要习惯它。既然他们喜欢那个气味，那么我也会喜欢。

舅舅和舅妈通常光脚在家里走动，每天早上还会做裸体健身操。做完后，他们会穿上衣服再吃早餐。但我觉得他们是因为我们才穿上衣服的，否则小佩德罗会告诉妈妈,而妈妈就会后悔将我们送到她弟弟家来。妈妈在每天晚饭前打来电话,崔斯坦会告诉她一切都好,并且询问她:"'司令部'那边有什么消息吗?"那是他关心爸爸的健康同时也不让我们惶恐的方式。接着,他会给她一个大大的吻,并把电话筒递给我们。我会对她复述"一切都好",而小佩德罗则会告诉她许多事。告诉她他没有忘记喝牛奶,告诉她他在一条很冷的河里游了泳,也会告诉她长大了他想做野人。于是妈妈大笑起来,我们每个人也就放心了。

电话是我们与被我们留在身后的世界的唯一联系方式。一台老旧的电话机,装在走廊的正中央,因此,电话那头的声音可以抵达屋子的任何一个角落,仿佛一台收音机似的。但我们没有收音机。舅舅和舅妈喜欢聆听风声、雨声、蝉叫、邻居的鸡鸣以及每天下午从山上下来的山羊的咩咩声。瓦莱莉娅有时候会唱歌。她歌唱得确实不错。她哼唱一些没有歌词的曲调,或者至少是我听不懂的歌词。她尖叫、大笑,有时候又像是在哭泣。崔斯坦低声告诉我们说,瓦莱莉娅曾做过演员,有时候她喜欢回忆起那段时光。我心里有许多问题——比如她当演员的经历,比如她的旅行,他们是什么时候在哪里认识的。但为了不让他们觉得我是个好打听的人,我选择了沉默。我不知道那样做是否正确。直到今天,这么多年过去了,我依然在问自己。然而,可以确定的是,许多那时候让我迷惑的事后来都自行解开了谜底。比如,关于超市。在最开始的时候,我很好奇为什么那么热爱新鲜空气、河流、山羊和母鸡以及大自然的一切的舅舅和舅妈不从村里邻居那里购买新鲜的鸡蛋、奶酪和羊奶，而要每周驾着小货车开二十多公里去一个大一点的村子里的超市。食品的质量应该都差不多呀，我一开始这样认为，毕竟它们都是来自同一地区的产品。直到后来我才明白，事实上舅舅和舅妈不过是为了与村子里其他人保持一定的距离。当然，他们会有礼貌地与人们打招呼，偶尔我们也会去广场上唯一一间酒吧喝点儿什么，等待当天最后一班班车的到来。与村里其他人一样，我们也喜欢数最后一班车抵达的人数，以及搭乘那班车离开的人数，我们就此进行预测、下赌注，并与其他桌的人讨论游戏的规则。婴儿也算作一个成人吗？那么一笼母鸡呢？能等同于一只狗吗？为什么直到现在都没出现过平局？甚至在某个下午，崔斯坦还代替一个人玩了一会儿骨牌，赢了好几局。但在我们住在村里的那段时间，没人来过舅舅家，也没人以任何借口来看过我们。一定是舅舅和舅妈的行为有什么奇怪的地方，让其他人都特别尊重他们的隐私。他们表现得十分友善、有礼貌、和蔼……但到此为止。我和小佩德罗对此心知肚明，并因此感到荣幸，如同第一晚的最后一个帕卡华拉人。或者更准确地说，如同那位如此荣耀、如此幸运能够梦见热带雨林里最后一个帕卡华拉人的临终话语的人类学家、冒险家或旅行家。

正因如此，在第二天晚上，吃完晚餐后，我壮着胆子说：

"昨晚我们说到最后一个帕卡华拉人。还有梦……"

我以熟练的口吻提到"帕卡华拉人"，一点儿也不犹豫，自信他们会为我的记忆和措辞而自豪。但崔斯坦的脸上一点儿也没显露出惊讶。他妻子也没有。然而，在几分钟后，舅舅再次拿出满是绿色的地图，瓦莱莉娅又开始在一个石头研钵里舂蒜和种子。"今天的音乐将会不一样。"她宣布道。

她说得没错。然而不一样的不仅仅是节拍，还有崔斯坦的话语和声调，尤其是他语速的急切。他奇怪地想要迫切结束一个话题，又开始另一个话题。他飞快地以四句话结束了关于帕卡华拉人的话题，接着以同样的语速讲完了梦境。他说，这不过是一个简要介绍罢了，是为了让我们明白热带雨林多么会弄虚作假，雨林深处暗藏着多么大的危险。就这样，他结束了这一章节，一句多余的话都不想再说，把烟斗装满，随着瓦莱莉娅的节拍摇晃着脑袋，和前一天晚上一样，用食指在亚马孙雨林的绿色地带游走了好一阵子。我猜他是在为真正想要谈论的话题做准备，于是安静地等待着。

"你们想知道我是如何认识'哇是—哇不'的吗？"他突然问道。

小佩德罗打开他的绘图本，拿起几支铅笔乱画。这样最好。他有玩儿的东西就不会睡着。我点了点头。"'哇是—

115

哇不'。"我低声重复道。

"那好，"崔斯坦继续说道，我发现他的眼睛里有一道从未见过的光芒，"那是好几年前的事情了。也许是二十年前。我在雨林里迷了路。我不仅失去了对时间的意识，也联系不到探险队的其他成员。我孤独一人，疲惫不堪，还受了伤……"

我的脑海中立马浮现出他裸露着上身，裤子破成碎布片，挂着子弹袋，肩上扛着一把步枪的模样。我不太确定在亚马孙雨林是否与在电影里的非洲一样，也要戴遮阳帽。但我没问出这个问题。肯定不需要，我随即回答了自己。那里的树木应该非常高大，可以完全遮挡住阳光。就算他在一开始戴了遮阳帽，在经历了长时间的疲惫和危险之后肯定也早都弄丢了。于是，我在头上为他系了一块红色的手帕。那是我唯一一次开小差，只有短短的几秒钟，因为我在意识到自己走神后立即将自己拉回来，重新全神贯注地聆听舅舅讲话。和前一晚一样，他强有力的声音再次创造了奇迹。展开在桌上的地图仿佛吸收了厨房里的全部灯光，作为唯一存在的事物，绿色的盛宴像舞台上的幕布一样，一点一点地拉开。在崔斯坦讲述的同时，我渐渐进入了热带雨林，看见他在那里，穿着破成碎片的衣服，红色的头巾包裹着伤口，在无边的森林里他显得如此渺小，仿佛就要被吞噬在这葱葱郁郁之中。突然间，他消失在我的视线之中，我感到自己在一个圆圈中，一个全速旋转的旋涡之中。再没有什么橄榄绿、祖母绿、宝石绿、薄荷绿、酸橙绿……只有绿色。一种不分色调的绿，随时都可能将我吞噬。在那一刻，我突然意识到，我并不是失去了舅舅，而是正通过他的双眼在观看，另一个崔斯坦——热带雨林里的崔斯坦，那个伤痕累累、疲惫至极的男人——即将昏倒，摔在地面上。为了逃离绿色的旋涡，也为了顺便救他，我闭上了眼睛。但我马上又睁开了双眼。此刻，舅舅哈哈大笑了起来。

"孩子们，我失去了意识。我昏了过去，甚至死了。我永远不会知道。但当我醒来，恢复了生命，我以为自己进入了热带雨林特有的梦境，像我昨天和你们描述的那样，在那些梦里，过去、现在和未来混在了一起……"

崔斯坦睁开双眼后首先看见的是一个他不曾见过的部落的女人，正死死地盯着他看。她身材非常矮小，几乎裸露着全身，脸上画着一些奇怪的图案。在某一瞬间，他觉得那些图案看起来像一些他从未见过的几何图形。在她的脖子上挂着一个简陋的鞍囊样的东西，里面装着两个婴儿，一个在胸口，另一个在背上。女人低下头，嘴唇一动不动。然而他却明白她在想什么，他明白她对他表示欢迎。他对自己说："我在做梦。我陷入了热带雨林的小把戏。"事实上，那位母亲和两个孩子的画面为他营造出一种治愈般的宁静，那种宁静他此刻无法用言语来形容。仿佛他认识她很久了，又仿佛他在不自知的情况下等待了她许多许多年。

也许正因如此，因为激动，也因为他身体糟糕的状况，他再一次倒下了。他深深吸了一口气，再次失去了意识。"抑或是再一次昏死了过去，谁知道呢！"他对准烟斗，点燃了它。出乎我意料的是，他再一次哈哈大笑起来。

"生活，有时候真是惊人的慷慨，"他终于又说道，瞳孔发出更耀眼的光，"你也许寻找的不过是一个普通的珠宝，在最不抱希望的时刻……却发现了一大堆宝藏！"

他停了下来，屋里一片安静，只听见瓦莱莉娅发出的节拍，然后，他继续微笑着看着我们，说道：

"我参加的探险队的目标是别的东西，现在它究竟是什么已经不重要了。然而，迷失在丛林深处的我被一个'哇是—哇不'女人救了，并且她还带我走进了她神秘的部落。"

如果说现在我们对"哇是—哇不"了解很少，那么在那个时候，了解就更是少得可怜。我们只知道他们的名字和少量无关联的信息，其中大部分都来自于爱幻想的探险者，或是做梦者从梦中醒来后紧握不放的梦境。于是，崔斯坦从第二次昏迷中醒来后，并不知道他的救命恩人和恩人的部落叫什么名字。他恢复了意识，发现这一次有十来个男人和女人靠在他的身边，目光坚定且惊讶地看着他。他并不觉得他们凶猛。他们并不凶猛。然而，他很快就会发现，他们很懂得自卫和报复，尤其精通与环境融为一体、变成隐形人。拟态和伪装天赋是他们最重要的防御武器。因此，他们很少被外人瞧见；就算被瞧见——尽管距离很远，他们也会受到惊吓——他们会像鳗鱼一般溜走，沿着树干爬上难以置信的高度，或者向不同方向分散开来。对很多人而言，他们只是个传说。除了其他部落的迷信和极度恐惧，以及伐木工人模棱两可的故事以外，关于他们存在的证据少之又少。粗鲁残暴的伐木工人是冷酷无情的森林摧毁者，所有部落都痛恨他们，然而，他们同时又非常害怕"哇是一哇不"的进攻，他们永远都不可能战胜看不见的敌人。穿梭于丛林间的箭仿佛是从入侵者想要砍伐的树干里射出来似的，金风铃或重蚁木，或是其他珍贵的树种。人们会说——据说，不止一位伐木工人会失去理智——植物世界联合起来，保护主权的完整。人们也会说，在这场有组织的报复背后，存在一个拥有决心和实力的部落。正因如此，那些在空中飞驰的箭呼啸着："哇是一哇不……"至少在木材厂、在伐木工之间，是存在这样的说法的。

"对此我不予以否认，"此刻，崔斯坦小心翼翼地卷起地图，仿佛今晚的活动就此结束，"我的朋友们的确有可能在箭上刻了他们的名字……但关于他们的攻击，我也只是道听途说。我从没感到过恐惧。他们还没张嘴说话，我就知道自己是安全的。"

和之前那个女人用肢体语言对他表示"欢迎你的到来"一样，此刻，整个部落都让他感到他们的善意，让他了解

119

他们历史的零星片段，把他当做部落的一员，要求他将他们的存在作为生命中最宝贵的秘密，不告诉任何人。他在体内感到那些没人说出过的话语，仿佛那些话语是他的想法，仿佛他依然处于昏厥状态中。但这与现实背道而驰。因为在某个时刻，他对他们的照顾表示感激时（都是通过思想来表达），感到一股电流穿过他的大脑，照亮了恩人们的额头。反之亦然。当他们向他讲述祖上历史，叫他不要害怕，或者当他们解释用于治疗他伤口的植物的功效，他也感到一股看不见的力量，一股由"哇是—哇不"发出的能量，进入他的大脑，邀他加入对话。他很快发现，那是他们之间众多交流方式中的一种，并且经常被使用。在危险来临时，在部落成员被分散开来时，也在（尽管这种情况非常罕见）他们想要与诸如崔斯坦这样一点也听不懂他们的语言的外来者交流时。他们拥有一门美妙的、音乐般的、复杂的语言，在那门语言里，说话和沉默都带有含义。崔斯坦从没见过一个如此重视沉默、注重话语恰到好处的部落。

"我从他们嘴里听见的第一个词，"他继续说道，"是'哇是——'，把'是'拖得老长，把所有力气都用在最后一个音节上。一个男人开始说，然后一个女人加入，接着，整个部落……"

崔斯坦（如他即将讲述到的）很快意识到那是他们自我介绍的方式，或者，至少是在喊出他们为人所知的名称的前一半。但他在村里住了几天以后，在伤口都差不多痊

120

愈时，才明白了那个词的真正含义。"哇是"表示接受，欢迎，一个大写的"是"；"哇不"则恰恰相反。他只在一个场合听见过可怕的"哇不——"：另一个部落的一名成员孤身来到这里，企图——这是他得到的印象——寻求和平谈判，索取信息，开启贸易，或者告知危险的临近。然而，"哇是—哇不"人不那样认为，于是舅舅也就只能承认自己理解错了。"哇不——"响彻了天空。仿佛一记警告，一根指责的手指，仿佛天使长将我们的先父从天堂驱逐的火焰之剑。这个词在其他任何一门语言中都找不到对等的翻译。"走开！""滚开！""我们不欢迎你！""滚蛋！""够了！"——以及其他许多类似的词——都只能算软弱无力且不完整的仿制品。"哇不——"代表了绝对的拒绝。那一发子弹从耳朵进入，直击灵魂。

崔斯坦若有所思地停下来，我们没人敢打破他的沉默。在那几秒钟，只听得见瓦莱莉娅舂东西的节拍。我感到蒜味越来越强烈，仿佛想要占据厨房，让我们窒息。

"去睡觉吧，"崔斯坦突然带着倦意说道，"够了，瓦莱莉娅。今天你没能成功。"

瓦莱莉娅耸了耸肩。她给我们一人一个吻，摸了摸弟弟的头，将研钵里的东西倒进垃圾桶。

从那时起，我们不再需要等到夜晚才能回到雨林里。

第二天早上，瓦莱莉娅在河边像"哇是—哇不"人那样编枝叶，并向我们展示怎样从树上轻轻地踮着脚尖滑入水面。是滑入——她重复道——而不是跳入或闯入。得像他们那样，等待河水向我们敞开大门，而不是强行进入，将它从睡梦中猛然惊醒。有时候，我看着她爬上树、抓住树枝，像灯心草般柔软，纵身一跳，在空中飞跃，最后威严地进入河水，觉得眼前的一切不可能是真实发生的。她没穿泳衣；只在身上裹了一块棉布。也许正是出于这个原因，我们才选择在远离村庄的一处缓流带游泳。没人会打扰我们，也没人会发现我们玩儿的奇怪的游戏。因为瓦莱莉娅不仅与我们家的人不一样，也与村子里的人完全不一样。当她在空中划过半圆弧线进入水中时，她看起来更像是一只野生动物。那天早上，弟弟为她画上美洲豹的身躯，散乱的头发在风中凌乱。她看到后笑了起来。而我则目瞪口呆。那和她跳起来时我想象的画面一模一样。

午饭时，我们依然惦念着"哇是—哇不"人，想知道他们吃什么，喝什么，生病的时候用什么植物治愈。我们很快了解到，我们这里的几乎所有东西在他们那儿都有对等物。前一晚瓦莱莉娅疯狂舂蒜头即是在复制 bo'o-ho（又叫做"蒜香藤"），那是一种非常万能的植物，叶子有点像我们这里的蒜，它最突出的功效之一是可以开启心智，当地人有时候用来做调味品。崔斯坦还告诉我们，想要完全了解热带雨林的规模和重要性就不能只从外面观察它，而需要走进它，仿佛我们在那里出生似的，我们的所有生活都依赖于它。因为雨林同时也是一个大型的作坊，一个药房，永不枯竭的食品储藏室，世界上储备最丰富的仓库。雨林保护我们，治愈我们的疾病，为我们提供衣服、食物、建筑房屋的材料，以及捍卫生命的武器。

"雨林，"他总结道，"是我们伟大的母亲。"

我入迷地听着，自从来到舅舅家我就一直这般入迷地听着。然而，有件事我没弄明白，而这一次我决定向他们发问。我首先在脑子里整理了一下信息。崔斯坦和瓦莱莉娅随时都在生活里向"哇是—哇不"人致敬。第一天晚上，瓦莱莉娅成功用浆糊模仿出热带雨林的气味；第二天晚上，她舂了很多蒜，却没能复制出 bo'o-ho——也因为和我们的蒜相似而被称为"蒜香藤"——的气味。我意识到那个奇怪的往返逻辑有些自相矛盾。冒险者、人类学家和传教士把热带雨林里某种带有蒜味的灌木称作"蒜香藤"。而此刻，舅舅和舅妈却试图通过舂蒜的方式来记起那种在热带雨林里见过的灌木叶。我也从未忘记他们是自由的，他们没有孩子，成天旅行，想做什么就做什么，于是人们才称他们为"乐天派"。这一次，我壮起胆子提出了我的疑问。既然他们那么想回到亚马孙雨林，那为什么一直住在山里的小村庄里呢？是什么阻止他们去和"哇是—哇不"人一起生活？崔斯坦像通常一样哈哈大笑起来，他看起来更年轻了，也更英俊了。

"我们住在那里，"他在我耳边悄悄说道，"他们和我们在一起……"

随即，他把双手放在我的肩上，看着我的眼睛，用最最自然的语调补充说道：

"也和你在一起。还是说，你还没意识到？"

那天晚上，在广场上的酒吧，我们以为不可能发生的事即将发生，每个人都在疯狂下注。平局！最后一班班车抵达了，下来三个人和一条狗，当一对夫妇带着女儿和一只猫正要上车的时候，猫突然飞快地跑走了，而女孩则因为宠物不见了不肯上车。因此，下来了三个人和一条狗，而没人上车。"见了鬼了！"酒吧老板笑着说，其他人无奈地发出"啧啧"声，喝完最后一口酒。瓦莱莉娅和小佩德罗是唯一押对了下车人数的人，正在忙着收钱。两张钞票和许多硬币，在走回家的路上，硬币在弟弟的口袋里叮当响了一路。我没有下注。崔斯坦也没有。我们俩沉浸在各自的思绪里。有那么一瞬间，我想象着基于某个所谓巧合的东西，我们俩想着的是同一件事。因为在那天下午，舅舅明确地将我纳入了他的世界，我到现在还在激动，同时非常希望他也为之而感动。但当我看见他的面庞，不由得打消了这个念头。他看起来有些担忧。而且，当我回想起走进酒吧的那一刻，看见崔斯坦站在吧台边从老板手中接过一封信的画面。那个行为本身没什么意义，因为舅舅

124

妈和其他村民一样，都在那里收信。但此刻，在我的回忆里，的确发现他的表情里带有一丝不快、烦扰和恼火。也许——尽管听起来有些夸张——还有一丝害怕。因为舅舅撕开信封开始读信，只几秒钟的时间，随后，他仿佛害怕被我们发现似的，偷偷看向我、瓦莱莉娅和弟弟这边，转过身去，将信撕得粉碎。在那个时候，我什么也没想。但我的脑海记住了那个画面，尤其是崔斯坦的表情，和他此刻打开家门时一样的表情：担忧，或者说是不安。我猜想今晚他不会拿地图出来和我们聊天了，也不会有瓦莱莉娅的节拍伴奏，更不会有蒜、泥土、烂水果和死水的混合气味。"我累了。"他在吃完晚餐后说道。小佩德罗几乎在同一刻打了个呵欠。

"今天我不想喝牛奶，"他一边用手遮住嘴巴一边说道，"但我想问一个我没弄明白的问题。如果'哇是一哇不'人与我们那么不一样……那他们怎么会和我们说一样的话呢？"

崔斯坦用迷惑的眼神看着他，但我立即明白他在说什么。弟弟的疑问是，为什么离我们那么远的人也会用"是"来表示肯定，用"不"来表示否定，和我们一样。小佩德罗有时候会把我未说出口的想法说出来。

"改天再说，"崔斯坦沉默了几秒后说道，"现在我们都得去休息了。"

弟弟在桌子下踢了我一脚。

"我觉得他不知道。"他从牙缝里嘟囔道。

接着，他又打了一个呵欠。我也很疲惫。但在那个夜晚，当小佩德罗在他的床上酣睡过去，我费了好些工夫才睡着。崔斯坦和瓦莱莉娅一直在尖叫和呻吟，比以往都要激烈地在玩儿他们爱的游戏。仿佛他们几个世纪不曾见面，或担心他们余生都无法再见。又好像——我突然想到——崔斯坦在向瓦莱莉娅证明，她是他在这个世界上唯一的女人。

"哇"在"哇是—哇不"人的语言里表示人。更准确地说，人类。在人类历史上有许多次（崔斯坦跟我们讲了好几例），人们因为巧合、过失或误会将毫无关联的名字赋予新发现的部落和人种。西班牙殖民美洲的历史中有许多这样的例子，"哇是—哇不"也不例外（尽管他们从未被征服或殖民过）。他们是"人"，那就够了。他们与其他村子或部落没多少来往，但他们自发的隔离也并不能让他们避免最终会在某个时刻被白人发现，甚至还保持偶尔的联系。也许正因如此，殖民者、研究者、伐木商或橡胶商，还有传教士，在与他们最初的接触中就教会了他们说"是"和"不"。又或者是聪明、反应迅速、善于观察的他们很快就推断出了那两个词的含义。无论如何，他们学会了"是"和"不"，将它们应用于接受和拒绝的表达中，并在用于外来者的时候加上前缀"哇"。"哇是——"

126

（意思为：人接受）和"哇不——"（意思为：人拒绝）。或者换一种说法，他们——"人"——根据对外来者的第一印象决定是接受还是拒绝。可以判定的是，他们并不太喜欢碍事的外来者，因为他们很快就发展出伪装的技能，能够完全隐身于环境中。随着森林被砍伐，河流被污染，鱼儿被感染，植物被破坏，他们孜孜不倦地寻找其他可以安定下来重建村落的地方。正因如此——说到这里时，崔斯坦用双手探索整个地图——我们无法知道他们此刻在哪里定居。为了求生，他们变成了游牧部落。那些隐身的流浪者名叫"哇是—哇不"。更准确地说，那是所谓的文明社会称呼那个他们几乎不了解的部落的方式。对讲中文的人来说，他们是"哇是—哇不"，对讲英语的人来说，他们是"Wahyes-Wahno"，而对讲西班牙语的人来说，他们则是"Wahsí-Wahno"。都是同一回事。

"好吧。"小佩德罗说道。

然后他耸了耸肩。

弟弟渐渐对崔斯坦充满激情的讲解失去了兴趣，与此同时却越来越热衷于瓦莱莉娅的实践课：跳河，编树枝的艺术，惟妙惟肖地模仿我们周围的猫、狗、山羊、母鸡和鸟儿的叫声。我从没见过他如此开心，如此专注。仿佛在参加露营或夏令营似的。随着他在河边活动的时间越来越长（更别提在山上徒步，寻找动物足迹和粪便了），我则宁愿待在家里和崔斯坦聊天，在笔记本上记录下一切与"哇是—哇不"人相关的信息。笔记本几乎要被写满了，我为自己的进步而高兴。要知道，在第一天晚上，主角是帕卡华拉人，而"哇是—哇不"只是一个未被回答的疑问罢了。

然而，此刻的我却对他们非常了解。不只是了解。我对他们有一种特殊的情感，仿佛那些奇妙的人从我出生就一直在等待着我，他们的土地才是我的故乡，亦是我的终点。当那个满脸画着几何图案、鞍囊里装着两个婴儿的女人在热带雨林里一言不发地真诚欢迎崔斯坦时，他一定也有过类似的感受。因为在我的记忆中，还从来没有过两个词能让我如此平静、如此幸福。我把这些告诉了崔斯坦。这就是我在那些日子的感受。我在睡觉前喃喃道"哇是—哇不"，便立刻感觉自己来到了那里，一个同时让我惊讶又熟悉的地方，被友好的面孔包围，用思想交流，聆听未说出口的金玉良言。最重要的是，看见。回忆不间断地在我眼前展现，它们比以往任何时候都要生动鲜明。古老的回忆，回忆的回忆；更多的时候，是不可能的回忆。因为我很快就能够回忆起从未见过的画面。比如，部落的仪式和庆典，又或者是某些成员脸颊和额头的图案的来源——尽管看起来很像绘画或文身，那些图案却是某些情感的绽放。爱、恨、恐惧、愤怒、怜悯、热情……只要情感还未消退，记号就一直留在脸上。记号形成，又以同样的方式消退。

"那是他们的另一门语言，"舅舅某天下午在酒吧里说道，"又一门。几乎具有与语言等同的表现力。"

然而，我刚刚告诉他的话一点儿也没让他惊讶：我只需要闭上双眼、集中精力就能进入那个悬浮在时间中的空间。恰恰相反，仿佛我们早就知道或者谈论过这一点似的。他点燃烟斗，喃喃道：

"他们的智慧能帮助你解决很多问题，虽然说你需要自己找到答案，"他吸了一口烟，将烟圈吐向屋顶，"心境。是的……'哇是—哇不'往往是一种心境。"

我们每天都在同一个时间走去广场。有些时候，我们加入其他人的游戏，打赌有多少乘客抵达，又有多少乘客离开。另一些时候，我们甚至都等不到最后一辆班车抵达。我们喝杯饮料，崔斯坦拿了信件，我们就安静地走回家。我再也没见过他撕毁信件，也没见过他担忧或不安。某一天下午，在走回家的路上，瓦莱莉娅和小佩德罗跟在身后不远的地方，我们俩在随便聊着什么，我对他说：

"今天我梦见了贝尔塔姑妈。她年轻的样子。在梦里她简直是美呆了。而且很和善。"

舅舅笑了起来。

"你不是在做梦。你贝尔塔姑妈年轻时确实很美……但她很懦弱。是她一手毁了自己的前程。"

后来，快到家门口的时候，我还在琢磨他那番话的含义，他拍了拍我的背。

"懦弱或过度的谨慎——两者是一回事——往往会出卖
懦夫。永远不要忘了这一点。"

紧接着，他的面孔发生扭曲，就像他撕碎信件那天一
样——他以为当时没人看见他。但他心里想着的不再是贝
尔塔姑妈。这一点我可以肯定。我同样肯定的是，由于不
经意联想到了其他东西，过去的恐惧再次入驻他的内心。
他往后看了一眼，瓦莱莉娅和弟弟在几米外的拐弯处捡石
头，他确定没人能听见他，低声对我说道：

"还有嫉妒。这一点也不要忘了。"

妈妈依然每天晚上都打来电话。在同一个时间。先和
崔斯坦讲话，然后和我们。由于她的声音回荡在家里每个
角落，我们三人能同时听见相同的消息。爸爸在明显地好
转。那是令人高兴的新闻。那则新闻渐渐变成旧闻，因为
妈妈每一天都会激动地说三遍，先是向崔斯坦，然后向我，
最后向小佩德罗。在挂电话前，她都会向瓦莱莉娅问好，
并感激她收留照顾我们。而瓦莱莉娅——无论她在厨房还
是在卧室，或是在家里任何一个角落——都会弯起眉毛，
摇着头微笑。"我很喜欢他们在这儿……"她说。

某一天，电话铃响得与平常不一样。那不是母亲通常
打电话的时间，而自从我们来到村子住进他们家，除了母
亲以外，还没有其他人打来过电话。我有些不安地跑向走

130

廊。瓦莱莉娅握着听筒，高声重复道："喂?""你好?""你是谁?"她看见我后笑了，耸了耸肩，在她就要挂掉电话时，我们俩都清楚地听见电话那一头的人提前挂断了电话。在后来几天，电话又在不同时间响起过。我不止一次抢先接了电话，但听到的不过是熟悉的沉默，以及被挂断后让人恼怒的提示音。肯定不是打错了，也不是电话故障或玩笑，但那无人回应的铃声绝不是什么好兆头。或者更糟：某种坏东西，明显有些疯狂或病态，甚至愚蠢的东西正在大步入侵我们平静的夏天。从瓦莱莉娅日益暴躁的脾气以及崔斯坦无精打采的态度中就能发现。崔斯坦好像一点儿也没因随时响起却没人应答的电话而烦恼。他是如此冷漠、淡然，如此迫切地表现出他，崔斯坦，对正在发生的事一点儿也不在意。这让我怀疑事实正好相反。我把信息汇集在一起。事实上，根本不需要我亲自操劳，为数不多的拼图自行拼到了一起：被撕毁的信件，崔斯坦半不安半怀疑的表情，几天后在回家路上他对嫉妒的暗示。他好像记起了某件腥风血雨的往事，同时——也更重要的是——又害怕它再次发生。

晚上入睡前，我念着"哇是—哇不"，白天发生的事在脑海里回放，一切都更明了了。不同的画面被混在一起：晚上在厨房的片段，家里人对崔斯坦的评论——我肯定某次听家人提到过，但直到此刻我才领会到他们话语中意想不到的含义。我甚至感到自己能够为我们正在经历的奇怪情形下定义。它是那么的愚蠢，那么的微不足道，然而，它也可能导致大灾难的发生。因为我以那个年纪的孩子罕见的认知意识到后来生活中许多例子教会我的东西：导致争执、暴怒或崩溃的事件本身往往微不足道，但当它与过去某件有意义的事联系起来就会成为导火索。没人应答的电话、那封信、崔斯坦的担忧，都是这个道理。时间是一个轮回，不断地重复。舅舅把那封信撕了却没有告诉瓦莱莉娅是因为他害怕她的反应。嫉妒。也许正是那种病态的情感迫使崔斯坦来到这个荒山中的村庄里隐居。我愿意为舅舅作担保。这一次，至少这一次，他是无辜的。只能怨他的过去——家里人偶尔谈起过的他的快乐的过去——在不恰当的时候找上门来。妈妈曾说过，崔斯坦伤过很多人的心。但我十分确定的是，那是过去的事，是发生在认识瓦莱莉娅以前的事。他深爱着瓦莱莉娅，也非常尊重她。他也以他的方式保护她，照顾她——这一点我到现在才意识到。正是出于这个原因，他才努力让她远离一切可能的烦扰。仿佛在她坚强的外表下，不过是个孩子罢了。仿佛她生病了似的。

没过多久，我的恐惧就成为了现实。某天晚上，在与妈妈例常的通话后没多久，电话铃声再次响起。这一次接电话的是崔斯坦。我记得他语调自然地说"是的，你说"，以为是他姐姐刚才忘了什么事再次打来了电话。然而这一次，电话那头同样也是沉默。厚重的沉默充满了威胁性，让舅舅的表情扭曲，站在走廊另一头的我几乎屏住呼吸地在聆听。我希望他挂断电话。希望他挂断电话，或者电话那头的神秘存在像通常那样抢先于他把电话挂断。但他并没有挂断电话。也许是故意的。他仿佛受够了煎熬，希望迟早要面临的事不如早点发生。于是，那件微不足道的、本身毫无意义的蠢事在一刹那发生了。那部古老的电话机再次像收音机一般发出轰响，电话那头一个女人温柔的喃喃声延伸到屋子的每个角落。我完全听不懂她说的话；当崔斯坦以出乎意料的暴怒——那语气吓到了我——打断她时，我也没听懂他说了些什么。直到这么多年过去后，我至今依然无法记起他们对话中的哪怕一个词，甚至不知道他们说的是什么语言。然而，他们的语调让一切都明白无疑。她发出请求，他否定；她提出建议，他拒绝。她的坚持只让他越来越愤怒。最终，尽管只是为了让我们所有人都明白他崔斯坦不想与那个温柔的喃喃声的主人有任何瓜葛，他用我只在话剧中听见过的声音向她尖叫，并且用我们的语言，为了让我们都能明白。

"别再打电话来了！把我们都忘了吧！"

然而毒药已经浸入。

有很多事也许我永远都不会明白。比如，那个女人是谁？过去究竟发生了什么事能造成此刻这般难堪的情形？同样我也不知道每次打电话的是同一个女人，还是不同的女人。唯一确定的是，事态加剧恶化。瓦莱莉娅开始喝酒，以令人惊骇的速度。我看见她在厨房里拿着一瓶刚打开的葡萄酒，当我十分钟后回来，酒瓶已经几乎空了。很明显，那天晚上我们不会吃晚餐——至少不会像平常那样安静地吃晚餐。崔斯坦在桌子上放了奶酪、腊肠和面包。我一点儿胃口也没有。

"一切都太美妙了！不是吗？"突然，瓦莱莉娅用醉眼蒙眬的目光看着我们说道，"千万不要相信你们舅舅告诉你们的任何事！"

她声音苍白，断断续续地说道。仿佛电影里的醉鬼。我强忍着不去看崔斯坦。

"孩子们，我会告诉你们悲哀的真相。"

她重复着"孩子们"，接着哈哈大笑起来，展开那张陪伴了我们许多个夜晚的地图。我跟小佩德罗使了个眼色，示意他回房间去。越快越好。

"不许走！"瓦莱莉娅用食指威胁我们，"安静地坐在这里，听我说。"

我从来没那么绝望地祈求过一件事：融化掉，消失掉，让他们俩留在厨房，第二天装作什么事都没发生似的。但没有什么能阻止即将发生的事。舅妈一口喝完瓶子里剩下的酒，站起来，用手指划过地图。有那么一瞬间，她的手

134

指看起来像爪子。而她的笑则让我想起鬣狗。我感觉瓦莱莉娅生病了。病得不轻。

"'哇是—哇不'根本不存在！"

她慢慢说出那句话，享受语调的乐感，带着故意的夸张，只对一个人说：崔斯坦。这一次我无法避免地看向他。他满脸通红，额头静脉凸起。

"一切都在那个小脑袋里，"她继续说道，"一个三流人类学家的脑袋里。老妇人用来哄小孩子的故事。"

我挽起弟弟的手臂离开，留下他们俩。小佩德罗一言不发地跟着我。走进卧室后，我把门栓插上。事情变得严重起来，非常严重。也许正是出于这个原因，为了安抚弟弟，也为了自欺欺人，我小声说道：

"爱的争吵。"

我们听见玻璃破碎的声音，餐具被摔到墙上和地砖上的声音，平底锅发出的类似丧钟的声音，还有辱骂。数不清的辱骂和相互指责。尖叫声如箭一般在空气中穿梭，越来越具杀伤性，越来越大声。我感到事情将走向不可挽回的局面。于是我做了一件事。我仍然不知道自己当时是如何做到的。我用尽全身力量大声尖叫。那不是人类的叫声，而更像是野生动物发出的尖叫。发自我肺腑深处的一声嚎叫。射入耳朵，直击灵魂的一发子弹。我尖叫道：

"哇不——！"

一切立刻安静下来。

我气喘吁吁，几乎接不上气来。震惊的同时，又感到如释重负。我在刚刚侵入屋子的厚重的沉默里深深呼吸。只能听见自己的呼吸，以及小佩德罗越来越近的呼吸和心跳。几秒钟后，他双手抱住我，我们一直保持着那个姿势。直到他睡着。

　　我开始收拾行李。弟弟睡得很香，家里一点儿声音也听不见。正因如此，一阵微弱的金属声吓了我一大跳。我关了灯，看向窗外。瓦莱莉娅在车库门口，试图打开门锁。她头发散乱，肩上披着一件雨衣，只在腰上裹着那条她在河里游泳时用的棉布。在月光下，我看见她脸上的斑纹和图画。我靠在窗沿边。她的脸和部分身体都画着几何图形。但与我想象中崔斯坦救命恩人脸上的图案完全不同。她的图案咄咄逼人，血迹斑斑，仿佛刚刚被刻进皮肤里似的。如果说那些图案在述说着什么，是一种语言，在我们共处的那些日子一直在试图告诉我什么的话，那么它表达的只有愤慨、暴怒和失常。她终于打开了门，走进了车库，我等待着。几分钟后，旧面包车的前灯照亮了田野，随即很快消失在路上。

　　我打开灯，继续收拾我的东西。那些充满了新发现的日子已经成为了过去。但我不想去想这些，也不想让自己陷入悲伤。很快，我听见走廊传来脚步声，我等了一会儿，随即听见母亲的声音。

"崔斯坦，怎么了？发生什么了吗？"

在卧室里，听筒另一头的声音比崔斯坦的声音更清楚。我稍微打开了一点儿房门。此刻，舅舅在为这么晚打电话给她而道歉。

"出了一点儿意外。不如说是有一个机会。我们要去旅行……明天就走……"

我听见一阵沉默。一阵漫长的沉默。我没说错：我听见沉默。沉默在那部电话中的清晰度不亚于言语。

"你又和瓦莱莉娅吵架了，是不是？"

我关上门。崔斯坦撒谎的技能很差，非常差。妈妈应当早就知道舅舅和舅妈的争吵。余下的对话我已经没兴趣知道了。我们将在第二天搭乘最早一班车回家。这是我听见崔斯坦说的最后一句话。这也恰恰是我在不久前已决定好的事。

"我希望孩子们没给你惹什么麻烦。"

我生命中最美好的夏天到此为止。以一种出乎意料的方式骤然结束。我关上行李箱，继续收拾小佩德罗的袋子，然后坐在床上。

几小时后，崔斯坦敲了敲卧室的门。他穿着和头天晚上一样的衣服，头发很乱，一身酒味。我第一次觉得他很老。对于一个十三岁的女孩而言，一个五十岁的男人的确很老。我感到难过，真的为他难过遗憾。他看着我，试图装作什么都没发生似的。但他也没因为我们收拾好的行李箱而惊讶。

　　瓦莱莉娅不喜欢告别，更不喜欢从睡眠中被迫起来告别。更何况，前一晚她消化不良，需要休息。但他向我们保证，他们一抵达美洲就会给我们寄明信片。明白吗？

　　"从巴西、秘鲁、厄瓜多尔、哥伦比亚和委内瑞拉……"他继续说着。我回避他的目光。

　　我们像三个影子一样走在小路上，仿佛我们之间毫无关系。弟弟还在半醒的状态，并且因为没能与瓦莱莉娅告别而怄气。崔斯坦像哮喘病人那样呼吸着，在一系列借口和谎言之后将自己禁闭在铁铸的沉默之中。我再次聆听着沉默，并在心里问了许多永远都得不到答案的问题。来到广场后，我深吸了一口气。酒吧刚开门，老板拿着扫帚，毫不掩饰惊讶地看着我们。"怎么啦？"他盯着行李问道。我们谁也没回答他，但我很高兴酒吧开着，老板在那儿。就像以往任何一个普通的早晨一样。崔斯坦想起我们还没吃早餐，拉我们在一张桌子和两张椅子上坐下，为我们点了两个点心。然后他靠着吧台，一口气喝了一杯白兰地。

　　"消化不良是什么？"小佩德罗问道。

　　"昨晚瓦莱莉娅得的病，"我看也没看他回答道，盯着吧台，"那种病很快就会好的。"

　　弟弟非常愤怒。

"都怪他，"他指着崔斯坦说，"他说的都是谎话。他像骗小孩一样骗我们。"

他从袋子里拿出绘图本，撕下其中一页，我很快就认出了那幅画。瓦莱莉娅，一半是女人，一半是美洲豹，正跃入河水。

"其他的我都不想要了。"他说。

他要把绘图本撕碎，我阻止了他。我们争抢起来。最后他做出了让步，耸了耸肩，把唯一想要的那幅画装进口袋里。在那一刻，我想起贝尔塔姑妈，想起我的《人种》剪贴本，和我们之间的争执。两者之间有些相似之处。一些绘画，一方想要撕毁它们，另一方试图阻止。然而此刻，如同在那些我曾对舅舅讲述过的半梦半醒状态，我明白了一切。我再次看见年轻时的贝尔塔，令人难以置信的美丽，爱上了喜欢幻想、喜欢冒险的崔斯坦。她为他着迷，失去了理智，却被自身的安全感束缚，无法接受另一种生活。于是痛苦和憎恨接踵而至。在许多年后，当她在侄女身上看见同样的爱好时，她无法抑制自己的愤怒。是懦弱毁了她的前程。"过度的谨慎"，我记起来。我永远都不会忘记。就像我也永远不会忘记瓦莱莉娅和她可怕的痛苦：嫉妒。

我把绘图本夹在胳膊下，走近崔斯坦。他面前又放着一杯白兰地，但我假装没注意。我需要他解除我的疑惑。我需要知道他妻子说的话里面有没有真实的部分，还是说她只是出于激动、出于报复、出于愤怒而说了一些从没想过的可怕的胡言乱语。我也想知道她在那么愤怒的状态下可能会去了哪儿，以及为什么我会在月光下看见她全身画满了奇怪的绘画和几何图案。并且，最重要的问题是："哇是—哇不"到底存不存在？

我什么也没问。崔斯坦看见我，弹了弹舌头，摇了摇头。我意识到他是叫我什么也别说。我也意识到，尽管我嘴唇一动不动，他却完全知道我在想什么。

"别，"他说，"你别。"

他深深呼吸，将双手放在我的肩上，看着我的眼睛。有那么一瞬间，我在他的眼睛里看见了自己。

"你弟弟还小，早晚会忘记，但你……你和他们相处过……他们接受了你。从一开始起。"

我觉得他笑了。我不太确定。就在那一刻，酒吧的老板通知我们班车到了，我在感到高兴的同时，又感到悲哀，想笑又想哭，更想让舅舅一直说下去，不要停，一直说到我们上车，直到司机发动汽车的那一刻。然而事实并非如此。

"你拥有通往秘密世界的钥匙，"他低声总结道，"享受它吧。如果有一天你想要与他人分享，可以分享。但要选对人。"

他的最后那句话听起来很悲哀。接着，他提高声量，说他也不喜欢告别，拍了拍小佩德罗的背，回到吧台边。

我和弟弟拿起行李，走上汽车，坐在第一排，等待着……我不知道那一天是我生命中最美好的一天还是最悲伤的一天。弟弟打了个呵欠，我则机械地翻看着绘图本。崔斯坦在那里，迷失在热带雨林里，裸露着躯干，系着红头巾。救了崔斯坦的女人也在那里，她的孩子挂在肩上，还有村落，盯着伤者的村民的面容，从密林里射出的箭，以及与树林融为一体的部落成员，他们更改肤色和面容，消失在湖泊和沼泽里，隐身于辽阔繁茂的绿色世界中。那个巨大的旋涡。还有更奇怪的事：那些小佩德罗此刻不想要的图画，那些栩栩如生的面容、雨林和部落，竟然与我想象的一模一样。我想要问他。问他怎么想到给舅舅头上绑一条红色的头巾，为什么用不同色调的绿画了一个巨大的旋涡。和我给他戴的头巾一样，也和我通过崔斯坦的眼睛观看到的害怕被吞噬进去的旋涡一样。但这一次，我同样也没能提出问题。小佩德罗刚刚倒在我的肩上睡着了。我尽可能让他舒服地睡在两个座位上，垫了一件毛线衫在他的头下，然后我坐到后面一排去，靠着窗户。就在那一刻，我发现了一件事。司机刚关上行李厢，将几个篮子和一个大包递给一对站在人行道上等待的老年夫妇。此刻我想起几分钟前的情景。有两个乘客下车。也有两个乘客上车！一对老年夫妇，我和弟弟。二比二。平局！弟弟在酣然大睡，酒吧的老板也没留意到，而崔斯坦正离开酒吧，看也没看我们，朝回家的小路走去。我跑到最后一排，用手指敲打后

141

窗的玻璃。尽管我知道他听不见，依然大叫道："平局！平局出现了！"汽车发动了。而崔斯坦，依旧背朝着我，仿佛猜到我在冲他喊叫似的，举起右手冲我告别。他一直挥着手，直到消失在拐弯处。

我永远不会再见到他们。不会再见到他，也不会再见到瓦莱莉娅。在贴着汽车后窗玻璃的那一刻，我就知道了。我知道——或者说我"看见了"——就好像我在恬静的半梦半醒状态中，感觉自己在别的时空游走，发现那些地方从未来过。我在脑子里也能阅读一些那时还未写成的信。写给全家的简短的信，用复数人称从遥远的地方寄来的信。那些来信会在某一天停止，但谁也不会在意。我再次听见"随它去吧！"，看见父母笑着摇头，贝尔塔姑妈苦笑着抿了抿嘴唇。当我看见长大后既专业又认真的小佩德罗正从书桌上拿起几份建筑图纸，工作室的一面墙上裱着泛黄的"瓦莱莉娅—美洲豹"，我一点儿也不惊讶。然而，最重要的是，我感受到我属于自己；我就是我。我把脸贴在车窗上，耗尽那个夏天的最后一刻，经历着一种无法解释的奇妙情感。一种悲伤的快乐，抑或是一种快乐的悲伤。再一次，我想开怀大笑，又想痛哭一场。欢愉和沮丧混在一起，直到今天，在我已经到了舅舅舅妈当时的年纪时，我依然记得那深刻且强烈的感受。十三岁的我深深地、全身心地爱上了崔斯坦。尽管我知道那份初恋是不会有结果的，但我也知道，那份爱是相互的。因为当我的脸还贴在车窗玻璃上时，看着汽车在马路上扬起的灰尘，想起他挥手冲我告别，对此我确凿无疑。我对他献上了我的仰慕、我所有的感情和一名少女热情的梦。而他，却留给了我他最宝贵的财产："哇是—哇不"神奇的秘密世界。

Cristina Fernández Cubas

La habitación de Nona（Nona's Room）

Copyright © Cristina Fernández Cubas, 2015

Published by arrangement with Casanova & Lynch Literary Agency S. L.

through The Grayhawk Agency Ltd.

Simplified Chinese edition copyright © Archipel Press, 2021

All rights reserved.

图字:09-2020-400 号

图书在版编目(CIP)数据

诺娜的房间/(西)克里斯蒂娜·费尔南德兹·库巴
斯著;欧阳石晓译.—上海:上海译文出版社,
2021.5

书名原文:Nona's Room

ISBN 978-7-5327-8613-8

Ⅰ.①诺… Ⅱ.①克…②欧… Ⅲ.①短篇小说-小
说集-西班牙-现代 Ⅳ.①I551.45

中国版本图书馆 CIP 数据核字(2021)第 070711 号

诺娜的房间

[西]克里斯蒂娜·费尔南德兹·库巴斯 著 欧阳石晓 译

特约策划/彭伦 责任编辑/徐珏 封面设计/一亩幻想

上海译文出版社有限公司出版、发行

网址:www.yiwen.com.cn

200001 上海福建中路 193 号

上海信老印刷厂印刷

开本 850×1168 1/32 印张 4.75 插页 2 字数 74,000

2021 年 6 月第 1 版 2021 年 6 月第 1 次印刷

印数:0,001—8,000 册

ISBN 978-7-5327-8613-8/I·5313

定价:49.00 元